二見文庫

私の彼は左向き

葉月奏太

目次

私の彼は左向き

第一章　いつもと違うやり方

1

「体をきれいにしましょうね」

遠くで女性の声が聞こえた。

やさしく癒すような声音に心が惹きつけられる。

どこかで聞いたことがある気もするが、誰の声かわからない。意識がぼんやりしている。思い出そうとすると、突然、頭が割れるように痛くなった。

「うっ……」

たまらず呻(うめ)き声が溢れ出す。目を開けようとするが、瞼(まぶた)が重くて持ちあがらない。全身が怠くて力が入らなかった。

「辰樹（たつき）くん、目が覚めたの？」

またしても女性の声が聞こえた。

先ほどよりも声が近い。どうやら話しかけられているようだ。「辰樹」とは誰だろう。

（僕の名前は……）

考えるとまた頭が痛くなった。

自分の名前がわからない。そのことに気づいて、言いようのない不安が胸のうちにひろがっていく。ずいぶん長い間、まっ暗なトンネルのなかをさ迷っていた気分だ。

仰向けになっているのはわかるが、状況がまったく呑みこめない。それでも、なんとか瞼を少しだけ持ちあげる。わずかに目が開いたとたん、眩（まばゆ）い光が飛びこんできた。

「くっ……」

思わず眉をしかめる。光が刺すように痛い。誰がいるのか確認したいが、眩（まぶ）しくてなにも見えなかった。

「清拭(せいしき)の時間よ」

女性が語りかけてくる。聞き覚えのある落ち着いた声音だが、誰なのか思い出せない。

「だ……誰……」

ようやく声を絞り出す。ずいぶん久しぶりにしゃべる気がして、自分の声とは思えなかった。

「わたしよ。わからないの？」

すぐに女性の声が返ってくる。

彼女は看護師の大沢葉子(おおさわようこ)と名乗った。知らない名前だ。それなのに、声には聞き覚えがあった。

「よ……葉子……さん」

「そうよ。辰樹くんが入院して、ずっとわたしが担当しているのよ。もしかして、なにか思い出したの？」

葉子が早口で語りかけてくる。ひどく驚いている様子だ。

「な、なに？　ここ、どこ？」

「記憶が混濁してるんだわ。すぐに先生を呼んでくるわね」

なにを言っているのか、さっぱりわからない。葉子は今にも立ち去りそうな雰囲気だ。

「ま、待って……」

慌てて声をかけた。ひとりになるのが怖かった。

「い……行かないで」

「辰樹くん？」

「ひとり……いやだ」

必死に語りかける。なぜかわからないが不安でたまらない。今ひとりにされたら、また暗闇に引き戻されそうな気がした。

「わかったわ。ここにいるから大丈夫よ」

葉子の穏やかな声が聞こえてくる。

そして、なにかが額にそっと触れた。彼女の手だ。柔らかい手のひらの感触が心地いい。そして、彼女の体温が伝わってくる。たったそれだけで、得体の知れない恐怖が薄れていった。

目がだんだん明るさに慣れてくる。先ほどまで眩しくて仕方なかったが、少しずつ視力が戻ってきた。

最初に見えたのは白い天井だ。

そして、ベッドのすぐ横には白衣姿の女性が立っていた。やさしげな顔に困惑の表情を浮かべており、セミロングの黒髪が微かに揺れている。顔をのぞきこまれて、思わず彼女の瞳を見つめ返した。

（ああっ、なんてきれいなんだ……）

心のなかでつぶやくが、やはり見知らぬ女性だった。

それなのに、声には聞き覚えがある。これまで何度も話しかけられた気がするのに、なぜか顔を見てもピンと来なかった。

「こ、ここ……どこ……」

まだ体に力が入らない。首を振ることもできないので、眼球だけを動かして周囲を見まわした。

白い壁に囲まれた小さな部屋だ。ベッドの脇には小さな白い台があり、小型のテレビと洗面器が載っていた。反対側に視線を向けると窓が見える。窓の外には青空がひろがり、朝の陽光が降り注いでいた。

「ここは病院よ」

葉子は少し迷った様子だったが、つづけて話しはじめた。

「心配ないから落ち着いて聞いてね。辰樹くんは交通事故に遭って、この病院に運ばれてきたのよ」

ここは総合病院の入院病棟だという。個室に入院しているようだが、他人事のようでピンと来なかった。

「事故……僕が……」

まったく思い出せない。

だが、頭のなかに靄が立ちこめているような感覚の理由がわかった。きっと頭を強く打ったのだろう。

「覚えてないんだ」

ぽつりとつぶやくと、葉子が息を呑むのがわかった。

「わからない……自分の名前も……なんにもわからないんだ」

話しているうちに、また怖くなってしまう。なにも思い出せない。頭痛とともに恐怖が湧きあがってきた。

「辰樹くん……慌てなくても大丈夫よ」

葉子が両手で頬を挟んでくる。そして、前かがみになり、やさしげな瞳で見つめてきた。

「ずっと眠っていたけど、二週間前に意識が戻ったの。もうリハビリもはじまってるのよ。でも、朦朧とした状態だったの。今、こうして不安を感じているということは、あやふやだった記憶が戻ってきたからだと思うわ」

葉子がうれしそうに語りかけてくる。だが、辰樹はリハビリのことすら、なにひとつとして覚えていなかった。

「僕は……僕の名前は？」

「ここに名前が書いてあるわ。キミは辰樹くんよ」

葉子がベッドの頭のほうに視線を向ける。釣られて眼球を動かすと、白いベッドのパイプにプレートが取りつけられていた。

『西谷辰樹――入院四月十日』

そう書いてあった。

「西谷……辰樹……」

声に出してつぶやいてみる。

どうやら、それが自分の名前らしい。そう言われてみれば、そんな気もしてくる。だが、頭が朦朧としており、今ひとつしっくり来なかった。

「僕……何歳？」

「二十五歳よ。わたしは三つ年上の二十八歳」

葉子はそう言って、安心させるように微笑んだ。

「一応、人妻なの……」

おどけた調子で言うが、その瞳には一抹の淋しさが滲んでいる気がした。

どう答えるべきなのかわからず、辰樹は黙りこんでしまう。すると、彼女は取り繕うように表情を引きしめた。

「今から体を拭くところよ」

毎朝、朝食を摂ったあとに清拭をしていたという。それが日課だと聞かされても、まったく思い出せない。

「つづけてもいい？」

「う、うん……」

なにもわからない状況で、流れにまかせるしかなかった。

辰樹がうなずくと、葉子は洗面器の湯にタオルを浸して強く絞る。そして、辰樹の首もとにそっとあてがった。温かいタオルで拭かれるのは心地いいが、すぐに冷めてひんやりした。

首に力をこめて少しだけ持ちあげる。自分の体を見おろすと、水色の入院着の前が開かれていた。

「なっ……なんだこれ？」

胸の中央からやや左寄りに、大きな縫い跡を見つけてギョッとする。

鎖骨の近くから、鳩尾(みぞおち)の下あたりまで一直線につづいていた。すでに傷口はふさがり、抜糸もすんでいるようだ。とはいえ、体に刻まれた痕は生々しい。手術をしたのは間違いない。しかも、かなり大がかりな手術だ。いったい、自分の身になにが起こったのだろう。

「心配しなくても大丈夫。どんどんよくなってるわ。意識が戻るまでは、心電図とか点滴とか、たくさん体につながっていたの。それが全部とれて、リハビリができるまで回復していたのよ」

葉子がこれまでの経過を説明しながら体を拭いてくれる。タオルは首筋から胸板、さらには腹へとさがっていた。

「意識が戻ったのは二週間前で、すぐ言葉も交わせるようになったの。それまでは、わたしが一方的に話しかけるだけだったから、とてもうれしかったわ。でも、朦朧としていたから覚えていないのね」

そう言われて納得する。

葉子の声は覚えていたが、顔はどうしても思い出せなかった。きっと意識がない間も、彼女が話しかける声は聞こえていたのだ。だから、声の印象はうっすら残っていたのではないか。

「どれくらい眠ってたんですか？」

「約半年よ。今は十月なの」

「そ、そんなに……」

まさか半年も入院していたとは驚きだ。それでも、まだ記憶が戻ったわけではない。頭がボーッとしており、どうにもすっきりしなかった。

事故の記憶はまったくない。

どういう状況だったのか詳しく聞きたいが、知るのは恐ろしい気もする。なにしろ昏睡状態で半年も入院していたのだ。自分のことすらわからないのに、今はまだ聞く勇気がなかった。

「詳しいことは、あとで主治医の先生から説明があるわ」

葉子が穏やかな声でつぶやいた。

辰樹の困惑を見抜いたのかもしれない。彼女のやさしい声を聞いていると、不思議と不安が薄らぐ気がする。

「さっき、葉子さんがずっと僕の担当をしてるって……」

遠慮がちに尋ねると、葉子は静かにうなずいた。

半年もの間、面倒を見てくれていたのだ。しかも、その大半は意識を失っている状態だった。だからこそ、辰樹が回復に向かっていることを、葉子は心から喜んでくれているのだろう。

「脚も拭くからズボンをおろすわね。ちょっとお尻を浮かせてくれるかな」

言われるまま尻を持ちあげると、入院着のズボンだけではなく、ボクサーブリーフまで引きさげられた。

「えっ……」

いきなり下半身が露になり、慌てて両手で股間を覆い隠す。だが、そうやって隠すことで、なおさら羞恥に拍車がかかった。

「恥ずかしがらなくてもいいのよ。まだひとりでお風呂に入るのは危ないから、きちんと拭いておかないといけないの」

葉子が穏やかな声で語りかけてくる。

そう言われると、恥ずかしくても拒むことはできない。辰樹はおずおずと両手を股間からどかした。

彼女は看護師なのだから、男の体を見ることも多いだろう。とはいえ、三つしか年の違わない美しい女性だ。そんな彼女に股間を拭かれるのは、猛烈に恥ずかしかった。

葉子がゆすいだタオルで足のつま先を包みこんだ。そこから股間に向かって這いあがってくるらしい。指の間までタオルで丁寧に拭ってくれるのが、少しくすぐったいけど心地よかった。

「記憶……戻るのでしょうか？」

「今は焦らないこと。少しずつ思い出せばいいの」

両足の指の間をすべて拭うと、葉子はいったんタオルをゆすいで硬く絞る。そして、再び足首からふくらはぎにかけてを拭きはじめた。

濡れタオルがゆっくり這いあがってくる。膝の裏側にもまわりこみ、さらには内腿にも入りこんできた。自然と脚を開く格好になってしまう。反射的に膝を閉じようとすると、葉子がぐっと割り開いた。

「こういうところは、どうしても蒸れるから」

内腿を拭いていたタオルが、股間に向かって滑ってくる。やさしい手つきでジリジリ進んでくるたび、胸の鼓動が速くなった。

「あ、あの……」

「体はすっかり元気になっているのよ」

タオルが内腿のつけ根、ペニスとの境目の部分に到達する。際どいところを撫でられて、くすぐったいような感覚がひろがった。

2

「あっ……こんなに……」

一瞬、葉子が息を呑んだ。

しかし、辰樹はなにが起こったのか理解できない。思わず首をかしげて、彼女の顔を見あげていた。

「ごめんなさい。びっくりしたものだから……」

なぜか葉子は言いよどんでいる。そして、再びタオルで内腿の左右のつけ根を丁寧に拭きはじめた。

「ここまで回復すれば安心だわ」

「そ、そこは、もう……ううっ」

際どい部分を執拗に撫でられて、ゾクゾクするような感覚に襲われている。腰が勝手に震えてしまうが、どうしてもとめられなかった。

「もう触覚は正常ね」

葉子がうっとりした表情で見おろしてくる。

そして、唐突にタオルで陰嚢（いんのう）をすっぽり包みこむと、やさしく撫でるように拭き清めはじめた。

「くううッ」

さらに大きな声が漏れてしまう。

女性の手で股間を拭かれるのが気持ちいい。はっきり覚えているわけではないが、なんとなく女性経験はある気がする。だが、なにしろ記憶が曖昧なので、こうして触れられる刺激が、はじめてのようで新鮮だった。

「そ、そんなところまで……」

「そうよ。ちゃんときれいにしないと」

当然のように言いながら、ねっとりした手つきで陰嚢を撫でまわしてくる。タオルごしに双つの睾丸を転がされると、たまらず鼻息が荒くなった。

「うっ……ううっ……」

「感じてるのね」

葉子が慈愛に満ちた瞳で見つめてくる。しかし、彼女の頬がうっすら桜色に染まっているのはなぜだろう。

タオルが竿に巻きつけられた。

まるで大切なものでも扱うように擦られて、これまでとは異なるあからさまな快感が押し押せてくる。全身がブルブル震えるほどで、たまらず首を持ちあげて己の股間を見おろした。

「うわっ……す、すみません」

慌てて謝罪の言葉を口にする。このときはじめて、ペニスが屹立していることに気がついた。

「だから言ったでしょう。ここはさっきから元気になっていたのよ。毎朝、体を拭いていたけど、半年間こんなふうになることは一度もなかったの」

葉子は目を細めてささやくと、タオルを取り去り、肉棒を直に握ってくる。白くてほっそりした指を、黒光りする太幹に巻きつけてきた。

「くッ……よ、葉子さん」

軽く握られただけでも快感電流が股間から四肢の先へと駆け抜ける。無意識のうちに腰がビクンッと跳ねあがった。

「あンっ、すごいわ。もっと感じていいのよ」

いつしか葉子の唇が半開きになり、瞳も妖しげに潤んでいる。なにやら色っぽい表情になっていた。

「そ、そんなにされたら……」

「恥ずかしがることないわ。ここが硬くなるのは、体が正常に反応している証拠だもの」

「で、でも、こんなこと……」

まだ記憶は戻らないが、いけないことをしているという感覚はある。辰樹がぽつりとつぶやけば、なぜか葉子は背後を振り返った。

「この個室なら大丈夫よ。入ってすぐトイレとバスルームがあるから、ベッドは死角になってるの。もし誰かが急にドアを開けたとしても、いきなり見られる心配はないわ」

そう言われて、はじめて誰かに見られる可能性に気がついた。

個室とはいえ病院だ。医師や看護師、見舞いの人など、いつ誰が訪ねてくるかわからない。そんな場所でペニスを握っているのは、彼女にとってもリスクがあるはずだ。

「ま、まずいですよ」

「誰かが訪ねてきたら、タオルで体を拭けばいいわ。清拭をしている最中に、男性器が反応してしまうことはよくあるの」

「そ、そういうことではなくて……」

お世話をしてくれた看護師に、淫らなことをさせているという罪悪感が芽生えている。個人的な記憶はなくても、常識などの記憶は失われていない。彼女に迷惑をかけたくなかった。

「辰樹くんに早く元気になってもらいたいの。なにか刺激を与えれば、記憶を呼び覚ますきっかけになるかもしれないでしょう」

そう言われると拒めなくなってしまう。実際、ペニスを握られているだけでも腰が震えるほど心地よかった。

「でも、声は我慢してね。廊下に聞こえたらいけないから」

葉子はささやきながら、握りしめたペニスをゆっくりしごきはじめる。手筒をスライドされると、蕩けるような感覚がひろがった。

「くううっ」

尿道口から透明な我慢汁が滲み出す。瞬く間に量が増えて、亀頭全体を包みこむ。それと同時に濃厚な牡の匂いが漂いはじめた。

やがて我慢汁は竿に流れて、彼女の指を濡らしてしまう。それでも、手筒はとまらず、ヌチャッ、ニチュッという音が響き渡った。

「ああっ、こんなに硬くなってるわ」

「うむッ、そ、そんなにされたら……」

我慢汁が潤滑油となることで、手でしごかれる快感がますます大きくなる。以前にも経験したことがあるかもしれないが、なにしろ忘れているので初心（うぶ）な少年のような気持ちだった。

「ぼ、僕、もう……」

早くも射精欲がふくれあがっている。今にも快感が爆発しそうで、無意識のうちに尻をシーツから浮かせていた。

「うッ……ううッ」

ところが、あと少しのところで、彼女は手をすっと離してしまう。そして、辰樹の顔をのぞきこんできた。

「患者さんが元気になるのが、なによりうれしいの」

葉子がまるで内緒話をするように、小声でささやきかけてくる。

ウィスパーボイスが色っぽくて、胸のうちが期待感で埋めつくされていく。すると、葉子は股間に覆いかぶさるように腰を折り、ぽってりした唇を張りつめた亀頭に寄せてきた。

「ま、まさか……」

熱い吐息がペニスの先端に吹きかかる。それだけで腰にブルルッと震えが入り、新たな我慢汁が溢れ出した。

「これで記憶が戻ればいいんだけど——あむンンっ」

ついに葉子が亀頭をぱっくり咥えこんだ。柔らかい唇がカリ首に密着して、やさしく締めつけてきた。

「おッ、おおッ……」

あまりの快感と興奮で、まともな言葉を紡ぐこともできない。追い打ちをかけるように、唾液を乗せた舌が亀頭をヌルリと舐めまわす。そして、唇が竿を擦りながら、ペニスを徐々に呑みこみはじめた。

(びょ、病院で……まさか……)

辰樹は思わず首を持ちあげて、己の股間に視線を向けた。

白衣を着た人妻の看護師が、屹立した男根を口に含んでいる。肉厚の唇が硬化した肉棒に密着して、ゆっくり滑っているのだ。呑みこまれるほどに快感が大きくなり、同時に脳細胞が灼けるような感覚に襲われた。

確かに経験したことがある気がする。だが、記憶がよみがえらないので、はじめてのような感動を味わっていた。

(こ、これが……これがフェラチオなんだ)

心のなかで「フェラチオ」とつぶやくだけで、快感が一気に大きくなる。辰樹は目を見開いて、葉子がペニスをしゃぶる様子を凝視した。

前かがみで尻を突き出す格好だ。白衣の裾が少しずりあがり、ナチュラルベージュのストッキングに包まれた膝がチラリと覗いていた。胸もとは大きくふくらんで、乳房のまるみが浮き出ているのがなまめかしかった。

(ぼ、僕のチ×ポを、看護師さんが……人妻なのに……)

考えれば考えるほど、興奮がふくれあがる。ペニスはますます硬くなり、腰が震えて我慢汁が溢れ出した。

「ンふっ……あふンっ」

葉子は瞼を半分落とした艶っぽい表情で、微かに鼻を鳴らして男根を咥えている。根元まで口内に収めると、舌をねちっこく這いまわらせてきた。

「おおおッ……き、気持ちいいです」

たまらず呻き声が漏れてしまう。

彼女の舌は器用に動き、張り出したカリの裏側にも入りこんでくる。敏感な箇所を丁寧に舐められて、甘い痺れが脳天まで突き抜けた。

「あふっ……むふっ……はむンっ」

男根が唾液で包まれると、葉子がゆったり首を振りはじめる。

亀頭が抜け落ちる寸前まで後退して、再び根元まで呑みこんでいく。それをスローペースでくり返すのだ。唇でヌルリッ、ヌルリッと擦られて、ペニスが蕩けそうな快感が押し寄せた。

「くおおッ、す、すごいっ、おおおッ」

辰樹は無意識のうちに両手でシーツを強く握った。両脚はつま先までピンッと伸びきっている。全身の筋肉を力ませて、次々と押し寄せてくる快感の波に耐えていた。

「ンっ……ンっ……ンっ……」

葉子が首を振るスピードが速くなる。

辰樹が快楽の呻きを漏らすのに合わせて、唇で太幹をしごきあげてきた。唾液でヌルヌル滑る感触は、自分ひとりでは決して味わえないものだ。唇でリズミカルにしごかれると、瞬く間に射精欲がふくれあがった。

「よ、葉子さん……ぼ、僕……ううぅッ」

「いいのよ。いっぱい出して」

葉子がペニスを咥えたまま、くぐもった声で語りかけてくる。濡れた瞳で見つめられて吸茎されると、もう我慢できなかった。

「うううッ、で、出ちゃいますっ、出る出るっ、くううううううッ!」

あっという間に限界に達してしまう。男根を深く咥えこまれたまま、辰樹は思いきり欲望を解き放った。精液が勢いよく噴きあがり、全身がバラバラになりそうな悦楽が突き抜けた。

「はンンンっ」

葉子は大量に放出されたザーメンをすべて口で受けとめてくれる。そして、注がれる側(そば)から、次々と飲みくだしていった。

最後の一滴まで吸い出して嚥下すると、ようやくペニスを解放する。ゆっくり体を起こしたとき、彼女の顔はうっすらとピンクに染まっていた。

「よ……葉子さん」

うっとりした表情が艶めかしくて、思わず見惚れてしまう。すると、葉子は急に我に返った様子で、辰樹の入院着を直しはじめた。

「きょ、今日は先生の回診がある日よ。辰樹くんが快方に向かっていることは、わたしから先生に話しておくわね」

それだけ言うと、葉子はタオルと洗面器を持って逃げるように出ていった。

「あ、あの……」

辰樹の声が虚しく病室に響いた。

射精した瞬間、なにかを思い出せそうだった。過去に同じ快感を経験したことがある。それを話したかったのだが、声をかける隙もなかった。

(でも、今は……)

ほかのことを考えず、絶頂の余韻に浸っていたい。

葉子の献身的なフェラチオは、記憶を失っている辰樹に、これ以上ない最高の癒しを与えてくれた。

3

「回診のお時間です」

葉子の呼びかける声で、辰樹は目を覚ました。

彼女の口で濃厚に奉仕されたあと、いつの間にか眠りに落ちていたらしい。入院生活で体力が落ちていたのだろう。久しぶりに射精したことで、すっかり疲れてしまった。

「具合はいかがですか？」

白衣を着た中年男性がベッドの脇に立っていた。

白髪まじりで黒縁の眼鏡をかけている。この男性が辰樹の主治医だろうか。胸の名札には「森田（もりた）」と書いてある。理知的な顔つきで、いかにも信頼できそうな雰囲気だ。

医師の後ろには葉子も控えている。先ほどのことを気にしているのか、伏し目がちで頬がうっすら桜色に染まっていた。

「西谷さん、わたしのことがわかりますか？」

森田が穏やかな声で語りかけてくる。

記憶が戻りかけているらしいと、葉子から報告を受けているのだろう。慎重な表情で、辰樹の目をのぞきこんできた。

「先生……ですか？」

顔を見ても思い出せない。辰樹は首をかしげながらつぶやいた。

「わたしが執刀しました。むずかしい手術でしたが成功して、西谷さんは快方に向かっています。もう聞いていると思いますが、二週間前からリハビリもはじまり、衰えていた筋力も戻ってきました」

「全然、覚えていないんです」

「焦る必要はありません。体が回復するに従い、記憶も戻ってくるはずです。ただ、どれくらい時間がかかるかについては、はっきり言えないんです。すぐに戻る人もいれば、一年以上、あるいはもっとかかる人もいます」

森田は淡々とした口調で、恐ろしい事実を伝えてくる。一年以上もこんな状態がつづいたら、どうやって生きていけばいいのだろう。

「そんな、なんとかならないんですか。仕事もしなくちゃいけないし……あっ」

口走った直後、頭が割れるように痛くなった。

思わず両手で頭を抱えて、低い呻き声を漏らす。記憶が戻りかけているのかもしれない。コンビニの店内が脳裏に浮かんだ。よく知っている場所だが、どこなのか思い出せない。

「大丈夫ですか？」

森田が険しい表情で声をかけてくる。

「コ、コンビニ……僕、コンビニで……」

辰樹は目眩を感じながらも口走った。

おぼろげながら記憶が戻ってくる。以前、自分はコンビニで働いていたのではないか。商品を棚に補充したり、レジに立って接客している自分の姿が、ふと思い浮かんだ。

「そうです。西谷さんはコンビニで働いていたんですよ」

森田が落ち着かせるように話しかけてくる。

事実がひとつ判明した。それだけで気持ちがだいぶ落ち着き、頭痛も嘘のように治まった。すると、不思議なもので、働いていたコンビニのことをはっきり思い出した。

辰樹はコンビニのアルバイト店員だった。週五日、朝から晩までシフトに入っており、もう何年も前から働いていた。自分が抜けたことで、シフトはどうなったのだろう。まだ仕事どころではないが、これからのことを考えると不安がこみあげた。

「だいぶ記憶が戻ってきたようですね。いずれ西谷さんの心の準備ができましたら、手術のことを詳しく説明します」

そう言われて、自分の胸に刻まれていた縫い跡を思い出す。かなり大がかりな手術を受けたのは間違いなかった。

「教えてください」

意を決してつぶやいた。

このままモヤモヤを抱えた状態でいたくない。それに話を聞けば、なにか思い出すかもしれなかった。

森田はなにやら考えこむような顔になる。そして、患者とより多くの時間接してきた担当看護師の葉子を見やった。葉子が辰樹に視線を向けてくる。目が合うと、辰樹は心のなかで「お願いします」とつぶやいた。

「体はかなり回復していると思います」

葉子が静かに語りはじめる。

彼女は先ほどのフェラチオで、回復具合を体感している。あれほどペニスが屹立していれば問題ないはずだ。それ以上、葉子はなにも語らない。あとは医師が判断することだった。

「わかりました。でも、手術のことをお話しする前に、事故の状況を説明しなければなりません」

森田が慎重な口調で話しはじめた。

「西谷さんには、双子の弟さんがいましたね」

「僕に弟が……」

そう言われてみれば、弟がいた気もする。一卵性双生児だから顔はそっくりだが性格は対照的で、名前は確か——。

「寅雄（とらお）……寅雄です」

名前と顔を同時に思い出す。その瞬間、なぜか頭ではなく左の胸が、締めつけられるように痛くなった。

「うっ……」

両手を胸にあてがうと強く押さえた。

「今日はこれくらいにしておきますか？」

「だ、大丈夫です……つづけてください」

どうしても最後まで聞きたい。辰樹がつぶやくと、森田は静かにうなずいた。

「わたしが危険だと判断した場合は途中でやめます」

容体を確認するように辰樹の目をのぞきこんでくる。そして、森田はより慎重に口を開いた。

四月十日の夜――。

辰樹と寅雄はいっしょに歩いているとき事故に遭った。車道にはみ出したところを、走ってきたトラックに撥ねられたという。

寅雄は無傷だったが頭を強く打ち、病院に搬送されたときはすでに脳死状態で回復は見こめなかった。辰樹も頭を打って意識不明だったが脳は無事で、その代わり心臓と肺をひどく損傷していた。

「寅雄さんはドナーカードをお持ちでした」

森田が話すのを聞いているうち、いやな予感がこみあげてくる。

もう、これ以上聞きたくない。だが、辰樹の思っているとおりだとしたら、聞かないわけにいかなかった。

「つづけても大丈夫ですか？」

「は、はい……」

心臓の鼓動が速くなっている。手のひらに汗をびっしょりかいており、無意識のうちに握りしめたシーツが湿っていた。

「辰樹さんは一刻を争う状況でした。心臓と左の肺を同時に移植する必要があったのです」

すぐにでも移植手術を受けなければ持たない状態だったという。

弟の寅雄は脳死状態でドナーカードを持っていた。一卵性双生児は遺伝的に同一なので、移植手術の成功率は高い。そして、救急搬送されたこの病院は、過去に心肺同時移植の実績があった。

「ま、まさか……」

辰樹は胸を押さえたまま絶句した。

手のひらに確かな鼓動が伝わってくる。この力強く拍動する心臓は、自分のものではない。信じられないことに、寅雄の心臓が移植されたのだ。そして、左の肺も寅雄のものだという。

「じゃ、じゃあ、寅雄は……弟は……」

「残念ですが」

森田の声が急に遠くに聞こえた。

弟が死んだ。半年も前にこの世を去っていた。

事故の状況を聞いても、まったく思い出せない。だが、弟の記憶は少しずつよみがえってきた。

「僕のなかに……寅雄が？」

自分が臓器移植を受けるなど考えたこともない。ましてや、弟の心臓と肺が自分の体のなかにあるという。

（そ、そんなはず……夢……これは夢なんじゃないか？）

事故で頭を打ったと聞いている。半年も昏睡状態にあったのだ。その影響で悪い夢を見ているのではないか。

（そうだ。そうに決まってる）

今、目の前でもっともらしい顔をしている医師は、きっと辰樹の妄想が生み出したものだ。

そのとき、森田の後ろに立っている葉子の姿に心を惹かれた。気の毒そうな瞳を向けられると、胸の奥が苦しくなった。

先ほど唇と舌でやさしく奉仕してくれたのは、辰樹のつらい現実を知っていたからではないか。事実を知らされてショックを受けるとわかっていたから、憐れに思ったのかもしれない。葉子と視線が重なることで、これは現実であると実感した。

「通常の臓器移植の場合は、個人を特定する情報はいっさい知らされない決まりとなっています。それは臓器を提供したドナーの方も、提供を受けたレシピエントの方も同様です」

しかし、今回は一卵性双生児による心肺同時移植ということで、すべてが特例づくしだった。

「僕のここに……寅雄の心臓と肺が……」

辰樹は自分の左胸を強くつかんだ。

弟の命と引き換えに自分は生きている。弟の心臓と肺がなければ、自分は確実に死んでいた。

ふいに視界が霞んだ。

気づいたときには、涙が溢れてこめかみを流れ落ちていた。

弟のことを思い出す。寅雄は自分とは正反対の生真面目な性格だった。気楽なアルバイト生活を送っている辰樹とは異なり、寅雄は小さな商社ではあるが正社員として働いていた。

「弟さんのぶんもがんばって生きましょう。手術は成功しました。一卵性双生児なので拒絶反応は出ていません。経過は順調で、記憶も徐々に戻るでしょう。いずれ普通の生活が送れるようになりますよ」

森田が説明してくれる。

だが、辰樹はうなずく余裕すらなかった。重すぎる事実を受けとめることができず、押しつぶされそうになっていた。

「聞きたいことが出てきたら、いつでも言ってください」

森田はそう言うと、葉子にしばらく残るように声をかける。辰樹をひとりにしないほうがいいと判断したのだろう。森田が病室をあとにして、葉子とふたりきりになった。

「疲れたでしょう。少し眠ったほうがいいわ」

彼女のやさしい声が聞こえてくる。髪をそっと撫でられて、辰樹は無言のまま目を閉じた。

「僕のせいで、寅雄は……」

「辰樹くんが責任を感じることはないのよ。寅雄くんは脳死状態だったの。残念だけれど、どんな治療をしても救うことはできなかった。でも、寅雄くんの心臓と肺は、辰樹くんのなかで生きているのよ」

葉子が静かに語りかけてくれる。昏睡状態の間も、毎日語りかけてくれたであろう穏やかな声だった。

「辰樹くんは寅雄くんに救われたわ。でも、これは寅雄くんを救ったことにもなるのよ」

「僕のなかで……寅雄が……」

「そう。生きているの」

葉子に言われると、本当に寅雄が生きている気がしてくる。不思議なことに悲しみがすっと薄れていった。

4

やはり体はまだ本調子ではなかった。

すぐに疲れて眠くなってしまう。医師から驚愕の事実を聞かされて、精神的に疲弊したらしい。葉子にやさしく頭を撫でられると心が安らぎ、いつしか眠りに落ちていた。

再び目が覚めたとき、窓の外は燃えるようにまっ赤だった。

日が傾き、今にも沈みそうになっている。こんな夕焼け空を見るのも半年ぶりだ。そう思うと不思議な気分だった。

ドアをノックする音が聞こえた。

いったい誰だろう。記憶が戻りかけてから、まだ看護師と医師にしか会っていない。ほかの人に会うのは抵抗がある。思わず身構えると、ドアが遠慮がちに開けられるのがわかった。

「辰樹くん、入っていいかしら」

葉子の声だ。横になっていると入口は見えないが間違いない。

ほっとして息を吐き出した。葉子だけは特別だ。半年も意識はなかったが、体が彼女にやさしく看病されたことを覚えているのかもしれない。なぜか葉子が近くにいると安心できた。

「どうぞ」

辰樹が声をかけると、病室に入ってくる足音がする。

ところが、現れたのは葉子だけではなかった。白衣姿の葉子の後ろに、ひとりの女性が立っていた。

「タツくん……」

ひどく懐かしい声だった。

濃紺のスーツがスラリとした女体を包んでいる。ストレートの黒髪が、窓から差しこむ夕日を受けてキラキラと輝いていた。

切れ長の瞳が涼しげで、整った顔立ちをしている。年のころは二十代後半といったところだろう。バリバリのキャリアウーマンといった感じで、コンビニでアルバイトをしている辰樹とは縁のなさそうな女性だ。ところが、目が合ったとたん、頭のなかに名前が浮かんだ。

「マ……マリちゃん」

思わず口走ると、彼女は大粒の涙をこぼしはじめた。

それを見て、葉子が静かに病室から出ていった。なにか悪いことをしたような気になり、辰樹の胸はズクリと痛んだ。

「うれしい……思い出してくれたのね」

スーツ姿の彼女が、再び語りかけてきた。

その声を聞いて、辰樹は思わず眉根を寄せる。一瞬、目の前が眩く光ったような錯覚を受けたのだ。

そして、暗闇の底から浮かびあがるように、記憶の断片がよみがえった。

彼女は水木茉莉奈、大手食品メーカーに勤務する二十八歳のＯＬだ。辰樹とは去年の四月から交際している。つき合いはじめて一年半になるが、辰樹は半年眠っていたので、感覚的にはやっと一年だった。

茉莉奈は辰樹がアルバイトをしていたコンビニの常連客だ。とはいっても、最初から親しかったわけではない。互いに顔は知っていたが、ただの店員と客という関係でしかなかった。

急接近したきっかけは、昨年の四月までさかのぼる。

あの夜、茉莉奈はいつものようにスーツ姿でコンビニに現れた。会社からの帰りに立ち寄ったのだ。すると、雑誌を立ち読みしていたチンピラ風の若い男ふたりが、彼女に声をかけた。

すぐにナンパだとわかった。茉莉奈は相手にしなかったが、男たちはしつこく誘っていた。いったんはあきらめたと思った。しかし、茉莉奈が店から出ると、車に無理やり引きずりこもうとした。

レジに立っていた辰樹は、さすがに見かねて助けに入った。チンピラたちには散々殴られたが、茉莉奈に気に入られた。食事に誘われて、そのままつき合うことになった。

「わたしのこと、わかる？」

茉莉奈がベッドに歩み寄り、不安げに尋ねてくる。そっと手を伸ばすと、辰樹の右手を握ってきた。

「マリちゃん……わかるよ」

彼女の温もりを感じる。笑みを浮かべようとするが、頬がこわばって上手く笑うことができなかった。

「よかった。やっと意識は戻ったけど、ぼんやりしてたから心配だったの」

「でも、事故のことは思い出せないんだ」

「大沢さんに聞いたわ。先生からお話しがあったんでしょう」

どうやら、辰樹の意識がない間、何度も見舞いに来てくれたらしい。すでに葉子とは顔見知りだった。

口で射精に導かれたことを思うと気まずくなる。今は考えないようにして、事故のことに意識を集中させた。

「いろいろ聞いたよ。手術のことも、それに寅雄のことも……」

つらい事実を認めたくなくて「死んだ」とは口にできなかった。

茉莉奈はベッドの横に置いてある丸椅子に腰かける。辰樹の右手をしっかり握ったまま、涙で濡れた瞳で見つめてきた。

「手術、よくがんばったね」

「僕、なんにも覚えてないんだ」

「ううん。タツくんはがんばったんだよ。だから、わたしたち、こうしてまた会えたんじゃない」

茉莉奈はそう言ってくれるが、素直に喜ぶことはできなかった。

寅雄はもうこの世にいない。その重い事実に、辰樹の心と体は押しつぶされそうだった。

「事故のこと、なにか知ってるなら教えてよ。全然、思い出せないんだ」

辰樹は彼女の手を握り返した。

なにしろ、弟が亡くなっているのだ。先ほどはその事実を知っただけでショックを受けたが、詳しい状況はまだ聞いていなかった。

「聞いても大丈夫?」

「うん……」

本当は大丈夫かどうかなどわからない。だが、とにかく半年前になにがあったのか知りたかった。

「目撃者の話だと、タツくんとトラくんは酔っ払ってたらしいわ」

そう言われて思い出す。

辰樹と寅雄の両親は大学三年のときに、交通事故で亡くなっていた。奇しくもトラックに撥ねられて即死だった。

兄弟は就職活動もままならず大学を中退すると、アパートを借りてふたりで住むことにした。それまで家族で住んでいたマンションは売却して、その金でローンの残債を支払った。

とにかく働かなければならない。辰樹はコンビニでアルバイトをはじめて、寅雄はなんとか正社員の働き口を見つけた。

そんな暮らしだったから、恋人ができれば隠しておくのはむずかしい。茉莉奈とつき合うようになり、すぐ寅雄に紹介した。だから、彼女は弟のことを「トラくん」と親しげに呼んだのだ。

もちろん、寅雄の恋人のことも知っている。寅雄が勤めていた会社でアルバイトをしていた二十二歳の女子大生で、三崎果穂（みさきかほ）という。四人で食事をしたこともあるので、茉莉奈と果穂も面識があった。

「事故に遭った日、僕と寅雄は……」

まったく思い出せない。

どこかで食事でもした帰りだったのだろうか。しかし、兄弟の仲は悪くなかったが、外で飲むことは滅多になかった。その日は、なにか特別いいことでもあったのかもしれない。

「どうして、酒なんて……」

辰樹は酒が弱かった。寅雄は仕事のつき合いを重ねるうち、そこそこ飲めるようになっていた。寅雄がいたのなら事故に遭うと思えないが、当時の状況はわからない。

「クソッ……なにがあったんだ」

思わず奥歯を強く噛んだ。

少しずつ記憶は戻っているが、事故のことはわからない。弟のことを思い出すほどに、苦しさだけがふくらんだ。

「わたしがついてるから」

茉莉奈が手をしっかり握ってくれる。だが、胸の奥に芽生えた無念が消えることはなかった。

(寅雄、すまない……寅雄……)

心のなかで弟の名を呼びつづける。そのとき、心臓がバクンッと大きな音を立てた。

「うっ……」

反射的に茉莉奈の手を振り払うと、左胸をグッとつかんだ。

寅雄のことを強く思ったとき、移植された寅雄の心臓が強く拍動した。申しわけないという気持ちが、天国の寅雄に届いたのだろうか。しかし、そんな願望は一瞬にして崩壊した。

(な……なんだ?)

急に視界がまっ暗になった。

意識が闇に呑みこまれていく。なにも見えない。呼吸が苦しくなり、胸の鼓動が速くなる。移植された肺と心臓の動きがおかしい。もしかしたら拒絶反応だろうか。

「タツくん、大丈夫? タツくんっ」

茉莉奈の慌てた声が聞こえる。だが、答えられない。なにか言わなければと思うが、体がまったく動かなかった。

激しい頭痛も襲ってくる。今にも頭が割れそうだ。もう駄目かもしれない。そう思った直後、まるでテレビの電源を落としたときのように、意識がぷっつり途切れた。

「くはっ！」

突然、呼吸が戻った。

目の前に茉莉奈の顔がある。眉を八の字に歪めて、涙目になりながらのぞきこんでいた。

「ま……茉莉奈さん」

自分の口から出た言葉に驚かされる。

いつも「マリちゃん」と呼んでいたのに、なぜか口が勝手に「茉莉奈さん」と言っていた。

「ちょっと……」

茉莉奈が涙目のままむっとする。

辰樹がふざけていると思ったらしい。だが、ふざけているわけではない。次の瞬間、両手を伸ばして茉莉奈の身体を抱き寄せた。

「あっ……」

茉莉奈は丸椅子に腰かけたまま、辰樹に覆いかぶさる格好になる。頬が胸板に触れて、顔が急接近した状態だ。

「急にどうしたの？」

黒髪から漂ってくるシャンプーの香りに、彼女の甘い吐息が混ざり合って鼻先をかすめる。それだけで、これまでにない欲望がこみあげた。

これまで茉莉奈とは数えきれないくらいキスしているし、何度もセックスしている。それなのに、なぜか新鮮な興奮を覚えていた。まるで、まだ肉体関係を結んだことのない相手と接しているようだ。

（なんだ……この感じは？）

以前と感覚が違う。自分でもなにが起こったのかわからない。とにかく、なにか様子がおかしかった。

5

「タツくん？」

茉莉奈が小声で尋ねてくる。その言葉をかき消すように、いきなり唇を重ねていた。

「はンンっ」

彼女は一瞬目を見開いたが、すぐに睫毛を伏せていく。そして、口づけを受け入れるように唇を半開きにした。

それならばと舌をヌルリと差し入れて、彼女の柔らかい口のなかを舐めまわしにかかった。歯茎や頬の内側をねっとりしゃぶり、さらには舌をからめとって吸いあげた。

「あンっ、タツくん……ここは病院よ」

キスをしながら茉莉奈が窘(たしな)めるようにささやきかけてくる。だが、辰樹は聞く耳を持たずに彼女の髪を撫でながら、メープルシロップのように甘い唾液をすすり飲んだ。

「もうお終い。病みあがりなんだから——あっ」

茉莉奈の言葉を無視して、ジャケットのなかに手を忍ばせる。ブラウスの上から乳房のまるみを撫でまわすと、彼女の顔に困惑の色が浮かんだ。

「ダメよ。誰か来たらどうするの？」

「ノックがあったらやめればいいだろ」

もう欲望をとめられない。ブラウスのボタンを上から順にはずしていく。白いブラジャーのレースが見えてくる。すると、彼女が手首をつかんできた。

「もうすぐ夕飯の時間でしょ」

「その前に終わらせるよ」

「ウソ……タツくん、いつもはじまったら長いじゃない」

茉莉奈が濡れた瞳で見つめてくる。

先ほどまでは心配で涙目になっていたが、今は違う。彼女も興奮しており、欲望で瞳を潤ませていた。

「ベッドにあがりなよ」

辰樹が体を端にずらして手を引くと、茉莉奈は抗うことなくパンプスを脱いでベッドにあがってくる。素直に隣で横たわり、今度は彼女のほうからキスをしかけてきた。

「元気になってくれてよかった」

口づけしながらささやきかけてくる。その言葉に彼女の気持ちがつまっている気がしたが、なにかしっくり来なかった。

「もう我慢できないよ」

辰樹はブラウスの前をはだけさせると、背中に手を滑りこませてブラジャーのホックをはずした。とたんにカップが弾け飛び、双つの乳房が弾みながらまろび出た。

「おおっ……」

白くて大きなふくらみが、まるでプリンのように柔らかく揺れている。曲線の頂点には、桜色の乳首がちょこんと乗っていた。少し大きめの乳輪が、乱れたスーツと相まって淫らに映った。

「これが、茉莉奈さんの……」

なぜかはじめて見たような感動を覚えている。ボクサーブリーフのなかで、ペニスがパンパンにふくらんでいた。

「その呼び方、やめて……なんか恥ずかしい」

茉莉奈が視線をそらして頬を赤らめる。そんな仕草がますます辰樹の興奮を煽り立てた。

乳房に手を伸ばして、そっと揉みあげる。蕩けるような柔らかさが伝わり、ますます気分が盛りあがった。柔肉をゆったりこねまわして、指先を徐々に乳首へと近づけていく。だが、すぐには触れず、乳輪のまわりをくすぐるように撫でつづける。

「はンンっ……い、いや……」

茉莉奈の唇からとまどいの声が漏れる。くびれた腰をよじらせて、タイトスカートのなかで内腿を擦り合わせた。

辰樹は左右の乳房を交互に揉みあげては、乳輪の周囲をじっくりくすぐる。乳房に鳥肌がひろがっているのは感じている証拠だ。しかし、肝心なところには触れないように、ねちっこい愛撫をつづけた。

やがて女体に変化が現れる。まだ触れてもいないのに、乳首がぷっくりふくれあがった。

「硬くなってきたね。どうしてこんなに勃ってるの？」

「やンっ、焦らさないで……」

瞳に涙をいっぱい湛えて、茉莉奈が拗ねたように見つめてくる。普段の凜々しい姿からは想像がつかない愛らしい表情になっていた。

それでも辰樹は乳首に触れない。いったん乳房から手を離すと、くびれた腰を撫でまわす。どうやら脇腹が敏感らしく、指先でなぞるだけで女体が小刻みに震え出した。

「ンンっ……な、なんか……タツくん、いつもと違う」

息を乱しながら茉莉奈がつぶやく。整った顔が赤く火照り、瞳はますます潤んでいた。

辰樹自身も異変を感じている。

いつもの自分なら、早く挿入したくて愛撫はおざなりだった。前戯の時間は短いが、挿入してからは長い。持久力には自信がある。力強いピストンで責めまくるのが定番のパターンだ。それなのに、今日はなぜかじっくりとした愛撫を施していた。

「もしかして、病院だから？」

茉莉奈が答えを見つけたように尋ねてくる。

「わたしが大きな声を出さないように、気を使ってくれてるの？」

「う、うん……そうだよ」

辰樹はとっさにうなずいた。

しかし、胸のうちに芽生えた不安が消えることはない。いつもの自分と違うことは感じているが、なにが起きているのかわからなかった。

不安を打ち消したくて、愛撫に集中する。脇腹を撫でていた手を、再び乳房に戻していく。ゆったり揉みあげて、今にも溶けそうな柔らかさを堪能する。そして、いよいよ先端で揺れる乳首をそっと摘まみあげた。

「はああっ、い、いいっ」

その瞬間、女体がビクッと反り返った。茉莉奈の唇から甘い声が溢れ出し、ただでさえ硬くなっていた乳首がさらに隆起した。

「すごい反応だね」

双つの乳首をクニクニと摘まんでは転がし、茉莉奈に喘ぎ声をあげさせる。眉を困ったように歪めた表情が色っぽくて、ますます愛撫が加速した。

「あっ……あっ……こ、声、出ちゃう」

「ここは病院だよ。我慢しないと廊下に聞こえちゃうよ」

言葉責めをまじえてじっくり乳首を愛でると、茉莉奈はさらに感度をあげていく。せつなげに腰をよじり、今にも泣き出しそうな顔で見つめてきた。

「お、お願い……もう許して」

「許すって、どういうこと？」

「こんなにじっくりされたことないから……はあンっ、おかしくなりそう」

もう耐えられないといった感じで女体をよじる。欲望が限界までふくれあがっているのが伝わってきた。

「俺も、もう……」

つぶやいた直後にはっとする。どうして「俺」と言ったのだろう。だが、そんなことより、今はひとつになりたくて仕方なかった。

茉莉奈のタイトスカートを引きおろして脚から抜き取ると、ストッキングに指をかける。だが、すぐには脱がさない。指先で太腿をなぞりながら、時間をかけてジリジリ引きさげていく。

「ンっ……ンっ……は、早く……」

すでに茉莉奈の瞳からは涙が溢れ出していた。焦らされつづけて、もう我慢できなくなったらしい。

「そんなに欲しいなら仕方ないな」

ストッキングをおろすと、白いパンティも脱がしにかかる。ゆっくりずらしていけば、恥丘にそよぐ漆黒の陰毛がふわっと溢れ出た。楕円形に整えられているのは以前のままだが、なぜか今日は新鮮に見えた。

入院着のズボンとボクサーブリーフを脱ぎ捨てる。とたんに屹立したペニスが鎌首を振って飛び出した。

（……ん？）

己の股間を見おろして、微かに首をかしげる。

勃起したペニスがほんの少し左に曲がっていた。以前は屹立すると右に曲がっていたのに、どうして今日に限って違うのだろうか。不思議に思いながらも彼女の膝を割り開き、脚の間に陣取った。

「おっ……」

彼女の陰唇を目の当たりにして、思わず息を呑んだ。

サーモンピンクの割れ目は愛蜜でぐっしょり濡れており、肉唇の狭間から新たな汁が次々と染み出していた。

「こんなに濡らして……」

辰樹の視線は恋人の女陰に釘付けになった。

これまで何度も見たことがあるのに、はじめて目にしたような衝撃を受けている。愛蜜にまみれた二枚の花びらに視線が惹きつけられて、もう目をそらすことができなかった。

「そんなに見ないで……久しぶりだから、恥ずかしいわ」

茉莉奈が喘ぐようにつぶやいた。

（そうか、久しぶりだから新鮮な気がするのか……）

辰樹は先ほどから胸に去来している違和感をそう解釈する。すぐに挿入するつもりだったが、女陰を目にして気が変わった。顔を股間に寄せると、濡れそぼった割れ目にむしゃぶりついた。

「えっ、ウソ……はンンっ、ダ、ダメっ」

唇が触れただけで、茉莉奈は女体をビクンッと仰け反らせる。どうやら、全身の感度があがっているらしい。舌を伸ばして舐めあげれば、白い内腿が小刻みに痙攣した。

二枚の陰唇を交互にしゃぶると、割れ目に舌先を忍ばせる。柔らかい粘膜を慎重に舐めあげながら、恥裂の突端にある肉芽に吸いついた。

「ンンンッ、そ、そこは……あンンッ」

茉莉奈が懸命に声をこらえている。それがわかるから、なおさらねちっこい愛撫で責め立てた。

舌先で愛蜜をすくいあげると、硬くなった肉芽にたっぷり塗りつける。そうしてからヌルヌルと転がせば、女体はたまらなそうにくねりだす。病室のベッドで腰をよじり、艶めかしく仰け反った。

「こ、こんなの……あぁッ、こんなのはじめて」

茉莉奈がもう耐えられないほど感じている。

確かに、これほど濃厚な愛撫を施したことはない。自分でも理由はわからないが、今日はこうしたい気分だった。

女陰と淫核をさんざん舐めしゃぶり、口を密着させて愛蜜をすすり飲む。茉莉奈は大量の華蜜を垂れ流して、女体をひくつかせる。そうやってたっぷり感じさせてから、膨張した亀頭を愛蜜まみれの女陰に押し当てた。

「じゃあ、そろそろ……」

「あンっ」

茉莉奈の唇から甘い声が溢れ出す。それでも、病院の個室だということは忘れていないらしい。慌てた様子で下唇を噛みしめた。

「いくよ……ふんんっ」

亀頭をゆっくり埋めこむと、膣口がキュウッと締まる。さらに押しこんでいけば、女壺にたまっていた果汁が太幹の隙間から溢れ出した。

「はああッ」

さすがに挿入の衝撃には耐えられず、喘ぎ声が響き渡る。すると、茉莉奈は両手で自分の口を覆って、濡れた瞳で見あげてきた。

「声、我慢するんだよ」

辰樹はさらにペニスを押しこみ、亀頭で膣襞をかきわけていく。濡れた媚肉がみっしりつまったなかに、反り返った肉棒を根元まで挿入した。すぐに熱い膣襞が絡みつき、亀頭の表面をヌメヌメと這いまわった。

「くぅぅッ」

瞬く間に快感の波が押し寄せる。少しでも動かすと暴発しそうで、辰樹は全身の筋肉を硬直させた。

「あンンっ……タ、タツくん」

茉莉奈が意外そうな顔をしている。だが、それは一瞬だけで、すぐに辰樹の腰に両手を添えてきた。

「今日は激しくしないのね」

そう言われてはっとする。

確かにそうだ。いつもは挿入した直後から激しく腰を振っていた。ペニスを力強くピストンさせて、茉莉奈を喘がせるのが好きだった。しかし、なぜか今日はそういう気分ではない。

「病院だから……」

辰樹は胸のうちにある不安を無視して、腰をゆったり振りはじめる。ペニスをじりじり後退させると、再び根元までスローペースで押しこんだ。

「はンンっ……そ、そんなにゆっくり」

茉莉奈がとまどった声を漏らして腰をよじった。

予想を裏切る穏やかな抽送が、これまでにない快感を生んだらしい。白い下腹部が艶めかしく波打ち、膣道がウネウネと蠢いた。

無数の膣襞がカリの裏側にも入りこみ、くすぐるように這いまわっている。それと同時に膣口が収縮して、太幹を締めつけていた。奥からは新たな華蜜が溢れており、ペニス全体をしっとり濡らしていく。

「ううッ、す、すごい」

とてもではないが激しいピストンなどできない。そんなことをすれば、あっという間に達してしまう。辰樹は懸命に射精欲を耐え忍び、さらに速度を落として腰を振りつづけた。

「あっ……あっ……こ、こんなのって……はああッ」

茉莉奈がたまらなそうに喘ぎ、辰樹の体を抱き寄せる。両手を背中にしっかりまわすと、両脚も巻きつけてきた。腰の後ろで足首をフックさせて、強くしがみつく格好になった。

「ま、茉莉奈さん……ううッ」

体を密着させた状態で腰を振る。抽送はスローペースでも、快感はどんどん高まっていく。辰樹は彼女の首筋に顔を埋めると、なめらかな柔肌をチュウチュウ吸いまくった。

「ああぁッ、い、いいっ」

頬を寄せ合っているため、茉莉奈の抑えた喘ぎ声がダイレクトに鼓膜を振動させる。なおさら興奮が高まり、射精欲がふくれあがった。

「ううッ、お、俺、もう……」

「こ、こんなにゆっくりなのに……あああッ」

茉莉奈の反応も大きくなる。ますます強くしがみつき、下から股間をしゃくりあげてきた。

「ちょ、ちょっと……くおおッ」

ふたりの動きが一致することで、快感が脳天まで突き抜ける。辰樹も女体を強く抱きしめて、ペニスを深い場所まで埋めこんだ。

「はああッ、い、いいっ、あああッ」

「くうッ、も、もうダメだっ、ううう ッ」

激しく責める前に射精欲が限界を突破してしまう。亀頭を膣道の最深部に押しこむと、ついに辰樹は欲望を思いきり放出した。

「で、出るっ、おおおおッ、くおおおおおおおッ!」

頭のなかが真紅に染まっていく。凄まじい愉悦の大波が押し寄せて、瞬く間に全身を呑みこんだ。

「あああッ、す、すごいっ、イクッ、イクイクうううッ!」

大量の精液を注ぎこむと同時に、茉莉奈が背中に爪を立ててくる。歓喜のよがり声を振りまき、絶頂へと昇りつめていく。膣が猛烈に締まり、ペニスを思いきり絞りあげた。

「ううう ッ」

二度三度と立てつづけに精液を放出する。股間から全身に快感がひろがり、頭の芯まで痺れていた。

最後の一滴まで注ぎこみ、結合を解いて仰向けになる。

絶頂の余韻に浸り、大きく息を吐き出した。すると、心臓がバクンッと拍動して、ふいに体が軽くなった。

（うっ……僕はいったい……）

なぜか夢から覚めたような気分だ。

隣では茉莉奈が呆けた顔で天井を見あげていた。

不思議な感覚だった。これまで何度も茉莉奈とセックスしてきたのに、かつてないほど興奮した。

しかも、ゆったりしたピストンで達したのだ。激しいセックスが好みだったのに、久しぶりだったことが関係しているのだろうか。思い返すほどに、いつもの自分のやり方とは違っていた。

――普段はやさしいのに、夜は人が違ったみたいに激しくなるね。

そう茉莉奈に言われたこともある。

自分でもわかっているが、性癖なので変えられない。ところが、今はあっという間に達してしまった。

「こんなにやさしく抱いてくれたの、はじめてだね」

茉莉奈がすっと身を寄せてくる。うれしそうにささやくと、頬にそっとキスしてくれた。

（なにか、おかしい……）

快感と違和感で辰樹は複雑な気持ちになり、言葉を返すことができなかった。急に眠くなってきた。病みあがりのセックスは無謀だったかもしれない。瞼が重くなり、もう目を開いていられなかった。

「いけない。タツくん、夕ご飯の時間よ」

茉莉奈が起きあがる気配がした。身なりを整えているのか、衣擦れの音が聞こえる。辰樹にも入院着のズボンを穿かせてくれた。

「ご飯、取ってくるわね」

茉莉奈は弾む声で言うと、いったん病室から出ていった。

辰樹は極度の疲労のため瞼を持ちあげることもできず、そのまま眠りに落ちていった。

第二章　左に向くペニス

1

一週間が経ち、ついに退院の日を迎えた。

毎日リハビリを行ったことで、体力はだいぶ回復している。もう急激な睡魔に襲われることもなくなった。

かかった手術費と入院費は、兄弟を撥ねたトラックの運送会社が加入していた保険でまかなわれる。そのほかにも慰謝料が支払われるということで、お金の心配がないだけでも助かった。

移植した心臓と肺は問題なく機能している。精密検査も受けて、主治医から退院の許可がおりた。ただし、社会復帰はまだ先だ。しばらく自宅療養をして、定期的に検査を受けることになっていた。

ただ、まだ頭はすっきりしない。

事故の後遺症で、記憶があやふやなところがある。自宅でこれまでどおりの生活を送れば、それが刺激となって、なにか思い出すかもしれない。体は順調に回復しているが、記憶のほうは時間がかかりそうだった。

あれから、葉子とはなにもない。

だが、朝の清拭のときは、どうしても期待してしまう。唇と舌で愛撫してもらった快感が忘れられない。しかし、葉子はまずいことをしたと思っているのか、もうペニスに触れてくることはなかった。

だからといって、完全に避けられているわけではない。いつも辰樹の体調を気にかけてくれるし、回復を心から祈っているのが伝わってくる。葉子に応援されていると思うと、リハビリにも熱が入った。

茉莉奈もよく病院に顔を出してくれる。

仕事が忙しいのに、時間を作って会いに来てくれるのがうれしかった。とはいっても、さすがに病室でセックスしたのはあの日だけだ。退院すればいくらでもふたりきりになれるので、焦ることはなかった。

（でも、どうして……）

あの日のセックスが、どうにも心に引っかかっている。

あんな穏やかなやり方で満足した自分自身が意外だった。まだ体調が本調子でなかったとはいえ、スローペースのピストンであっという間に達したのだ。遅漏ぎみで激しくしなければイケなかったはずなのに、緩やかな抽送であっさり終わってしまった。

（まさか……）

事故の影響で、早漏になってしまったのだろうか。

茉莉奈はやさしく抱かれたことを悦んでいたが、辰樹は男としての機能が弱ったようで不安だった。

「辰樹くん、果穂ちゃんが来てくれたわよ」

ドアをノックする音がして返事をすると、白衣姿の葉子が入ってきた。

つづいて三崎果穂も入ってくる。寅雄の恋人で、二十二歳の大学四年生だ。赤いチェックのミニスカートに黒いブーツ、それにクリーム色のハイネックのセーターが、愛らしい顔に似合っていた。

「タッちゃん」

辰樹と目が合うと、果穂は明るい色のポニーテールを揺らして手を振った。

「退院、おめでとう」

満面の笑みを浮かべているが、内心は複雑に違いない。なにしろ、恋人の寅雄は帰らぬ人となり、兄の辰樹だけが生き残ったのだ。しかも、寅雄の心臓と肺を譲り受けて——。

「わざわざ悪いね……ありがとう」

辰樹は視線をすっとそらしてつぶやいた。

複雑な気分なのは辰樹も同じだ。なぜ自分だけ助かってしまったのか。どうして寅雄ではなかったのか。病室でひとりになると、そんなことを悶々と考えながら過ごしてきた。

——辰樹くんが責任を感じることはないのよ。

葉子がそう言ってくれたのを覚えている。

だが、答えが出るはずもないのに考えずにはいられない。自分ひとりが生きていることに、罪悪感すら覚えていた。

「僕なんかのために……なんか、ごめん」

果穂の気持ちを思うと、申しわけなくて仕方ない。

恋人の茉莉奈は、どうしても抜けられない仕事があった。辰樹はひとりで大丈夫だと言ったのだが、茉莉奈は果穂に迎えを頼んだのだ。

「もう、なに言ってるの。やっと退院できるんだよ。迎えに来るのなんて当たり前でしょ」

果穂は努めて明るい声で言ってくれる。

恋人を失った悲しみは決して小さくないはずだ。それなのに、何度も見舞いに来てくれていたと葉子から聞いていた。双子の兄である辰樹の顔を見れば、寅雄のことを思い出すに決まっている。それなのに、いつも気丈に振る舞っていたというから、ますます胸が苦しくなってしまう。

「自宅に戻っても、決して無理はしないように。できるだけ安静に過ごしてください。なにかあったら、すぐ病院に来てくださいね」

葉子が退院後の注意事項を説明してくれる。

ふいに、淋しさがこみあげてきた。ずっと寄り添ってくれていた葉子と離れると思うと、胸がせつなく締めつけられた。

いずれにせよ、退院しても、しばらくは自宅療養だ。アパートに帰ることで、記憶が戻ることを期待していた。

（アパートに帰れば、もしかしたら……）

辰樹は祈るような気持ちだった。

なにより、事故の状況を思い出したい。どうして、直前に寅雄と酒を飲んでいたのだろう。飲むのは嫌いではないが強くはない。あの日、酒など飲まなければ事故に遭わなかったのではないか。

とにかく、失われた記憶を早く取り戻したい。事故当日、自分たち兄弟になにがあったのか、どうしても知りたかった。

病院の前でタクシーに乗りこんだ。

歩いても十五分ほどの距離だが、今日は無理をしないほうがいいだろう。果穂と並んで座り、兄弟で暮らしていたアパートに向かった。なにかを思い出すきっかけになればと、車窓を流れる景色に視線を向けた。

老夫婦が経営している小さな書店、その隣にあるＣＤショップと美容院、チャーシュー麺のうまいラーメン屋、夕方になると高校生の溜まり場になるハンバーガーショップ――。

（わかる……覚えてるぞ）

懐かしい景色を目にしたことで、次々と記憶がよみがえってくる。間違いなく自分が生まれ育った街だった。

家族で住んでいたマンションもすぐ近くにある。以前はなんとなく視界に入っていただけの景色だった。しかし、意識して見つめることで、確かな記憶が頭の奥から湧きあがった。

「うっ……」

脳が刺激されたのかもしれない。突然、軽い頭痛に襲われた。

それでも、一刻も早く記憶を取り戻したくて、窓の外を見つめつづける。なにかが閉ざされた記憶の扉を開いてくれるかもしれなかった。

「大丈夫？」

果穂が心配そうに尋ねてくる。

辰樹はうなずくだけで、彼女の顔を見ることができなかった。どうしても目を合わせる勇気がない。迎えに来てくれたことは感謝している。だが、実際のところ、自分のことをどう思っているのか気になった。

――タッちゃんが無事でよかった。

この一週間、果穂は見舞いに来るたび、そう声をかけてくれた。そんなとき、辰樹はどう返答すべきかわからず、小声で「ありがとう」とつぶやくしかなかった。

恋人の寅雄が亡くなっている以上、果穂が心から喜べるはずもない。罪悪感でいっぱいになった。

やがてタクシーが速度を落として、古びたアパートの前で停車した。

「ついたよ」

果穂が柔らかな声で語りかけてくる。辰樹は小さくうなずき、タクシーからゆっくり降り立った。

(ここに、僕と寅雄が……)

目の前に建っているアパートを恐るおそる見あげていく。

築三十年のアパートなので、それなりに年季が入っていた。かつては白かったであろう外壁は、風雨に曝されたのと排気ガスで灰色にくすんでいる。外階段はペンキで塗り直されているが、ところどころに錆が浮いていた。

(そうだ……ここだ)

心が激しく揺さぶられる。

自分たち兄弟が住んでいたアパートだ。突然、両親を亡くしたことで、ふたりはこのアパートに引っ越した。不安を抱きながら入居した日のことが脳裏によみがえった。

「覚えてる？」

果穂がタクシー料金を払っておりてくる。

気遣うように声をかけられるが、辰樹はまともに返事もできなかった。アパートを目にしたことで頭痛がひどくなっている。目眩に襲われるが、懸命に両足を踏んばった。

「お……覚えてる」

眉をしかめながら、ようやく言葉を絞り出す。すると、彼女は体を支えるように、すっと寄り添ってきた。

「とりあえず、部屋に行こう」

果穂にうながされて歩きはじめる。

辰樹と寅雄の借りていた部屋は、一階の一番端だ。日当たりは悪いが、家賃が安いのでそこにした。古い記憶が断片的に浮上してくる。しかし、頭痛が強くなり、辰樹は眉間に縦皺を刻みこんだ。

「無理しないで。慌てて思い出さなくてもいいんだよ」

果穂が玄関ドアを開けてくれる。辰樹は彼女に支えられながら、部屋に足を踏みれた。

記憶を呼び覚ますように、周囲にゆっくり視線を向ける。

病室で記憶を辿っていたとき、アパートの部屋の様子は浮かばなかった。しかし、実際に見てみると、当たり前のように思い出せた。

(そうだよ。ここだよ……)

部屋の間取りは2DKだ。

ふたりで住むには少々狭いが、節約をするためなので仕方ない。玄関を入ってすぐがキッチンで、洗濯機の隣にユニットバスのドアがある。奥には六畳間がふたつあり、辰樹と寅雄がそれぞれ使っていた。

室内の空気は、まったくよどんでいなかった。果穂と茉莉奈がときどき部屋に来て、換気をしてくれたと聞いている。掃除もしてあるようで、むしろ以前よりきれいになっていた。

「塵ひとつ落ちてないよ。気を使わせちゃって悪いね」

「もう、そういうのはやめようよ。それに、お掃除をしたのは、ほとんど茉莉奈さんだしね」

果穂は照れくさいのか、自分はなにもしていないと言って笑った。

彼女の明るさに救われる。ひとりだとどうしても落ちこんでしまうが、果穂が笑ってくれるので心が楽になった。

「疲れたでしょ。ちょっと横になりなよ」

「うん……」

辰樹は素直に返事をすると、自室のドアをそっと開けた。

2

「ウーロン茶、飲むでしょ？」

果穂がノックをして部屋に入ってくる。そして、手にしていたコップをふたつ、ローテーブルにそっと置いた。

六畳間の壁ぎわにベッドがあり、辰樹はそこに腰かけている。先ほどから部屋のなかをぼんやり眺めていた。

深緑の絨毯の上に、ローテーブルとカラーボックス、それに小型のテレビが置いてある。自分の部屋なのはわかるが、なぜかしっくり来ない。見覚えもあるのだが、人の部屋にいるような違和感があった。

「なにか思い出した?」

果穂が床に転がっていたクッションに横座りする。ミニスカートがずりあがり、健康的な太腿がチラリとのぞいた。

「入院中のことが徐々に……果穂ちゃん、よく来てくれたよね。それと、この部屋に住んでいたのも思い出したよ。でも……」

辰樹はそこで言葉を切った。

この違和感は、いったいなんだろう。

ふいに記憶の欠片が暗闇のなかから浮上しては、頭のなかを漂いはじめる。だが、まだはっきりした形にはなっていなかった。

記憶の欠片が結合すれば、さらに大きな記憶がよみがえるのではないか。まだ頭がぼんやりしているが、自分のことや寅雄のことが、少しずつわかりそうな気がした。

「写真……あの写真はどうしたかな?」

ふとなにかを思い出しそうになる。頭で考える前に、心に浮かんだことを言葉にした。

「写真って?」

果穂が首をかしげて見つめてくる。クッションに座ったまま、穏やかな表情を浮かべていた。

「フォトフレームに入れて飾ってあったはずなんだけど」

辰樹は部屋のなかに視線をめぐらせる。確かベッドの近くに置いてあったはずだが見当たらない。

「どんな写真?」

「観覧車のなかで撮ったんだ。マリちゃんといっしょに」

顔を寄せ合って、スマホで写真を撮ったのを覚えている。それを印刷して飾って置いたのだ。

「茉莉奈さんと遊園地に行ったの?」

「そうだよ。マリちゃんの誕生日だから三月だ」

辰樹が答えると、なぜか果穂が息を呑むのがわかった。だが、辰樹は思い出したことを話しつづけた。

「今年は特別な誕生日だったんだ。プレゼントを用意して、観覧車のなかで渡して……」

そのとき、心臓がバクンッと音を立てて、頭の片隅にあった違和感が強くなった。自分で言っておきながら、急に現実のこととは思えなくなる。なぜか自分の言葉が信じられなくなった。

「どこの遊園地に行ったの？」

果穂が尋ねてくる。

「それは……」

答えられなかった。

どこなのかまったくわからない。近場なのか、遠出をしたのか、電車で行ったのか、バスを使ったのか、晴れていたのか、曇っていたのか、なにも思い出せなかった。

(お、落ち着け……落ち着いて考えれば思い出すはずだ)

胸のうちで自分に言い聞かせる。

焦ったところで意味はない。記憶は少しずつ戻っている。アパートに帰ってきたことが刺激になっているのは確かだった。

「タッちゃん、少し休んだほうがいいよ」

果穂はそう言ってくれるが、今は思考を中断したくない。

「もうちょっとで思い出しそうなんだ」

なにかに迫っている感じがする。あと一歩のところまで来ている気がした。

「久しぶりに外に出て疲れたでしょ」

「でも、あの写真を捜さないと――」

「お願いだから休んで」

果穂が思いのほか強い口調で、辰樹の言葉を遮った。めずらしく表情が険しくなっている。怒っているのだろうか。果穂のこんな顔を見るのは、はじめてだった。

「果穂ちゃん……」

気圧されて黙りこむ。しかし、ここで引きさがるわけにはいかない。もう少しで、なにか重大な事実がわかりそうなのだ。

「心配かけてごめん。でも、すごく大切なことを忘れてて、それを思い出せそうなんだ」

辰樹が告げると、彼女は首を小さく左右に振った。

「違うの……タッちゃん、違うんだよ」

ひどく悲しげな顔になっている。果穂がなにを言いたいのか、まったくわからない。

「違うって、なにが？」

「きっと、トラちゃんに聞いたんだね」

「だから……なにを？」

「それを自分の記憶と混同してるんだよ」

果穂はひとりで納得したようにうなずいた。

つまり寅雄から聞いた話を、辰樹は自分の記憶と思いこんでいる、ということらしい。果穂の言いたいことは理解できた。しかし、遊園地で観覧車に乗ったことは、確かに自分が見聞きした体験だという認識があった。

「茉莉奈さんの誕生日にプレゼントを渡したんだよね」

「そう……そうだよ。間違いない」

「なにをプレゼントしたのか覚えてる？」

果穂が穏やかな口調で尋ねてくる。努めて感情を抑えこみ、ひとつひとつ確認するようなしゃべり方だった。

「それは……まだ思い出せない」

ただ大切な物だったのは確かだ。それをなんとか思い出したかった。

「三月って言ってたけど」

「うん。マリちゃんの誕生日だからね」

自信を持って答える。彼女の誕生日だから遊園地に行って、観覧車のなかでプレゼントを渡した。そして、写真を撮ったのだ。あのフォトフレームはどこにいってしまったのだろう。

「そうか、マリちゃんが持って帰ったのかもしれないな」

今度会ったときに聞いてみよう。あの写真を見れば、さらになにか思い出せるだろう。

「茉莉奈さんの誕生日は八月だよ」

果穂がぽつりとつぶやいた。

「……え？」

反論しようとした直後、いやな予感が胸の奥にひろがった。

確かに果穂の言うとおりだ。茉莉奈の誕生日は真夏で、去年は海に行ったのを思い出した。

(じゃあ、観覧車は……)

茉莉奈といっしょに撮った写真を脳裏に思い浮かべる。頬を寄せ合って、ふたりとも幸せそうに笑っていた。しかし、次の瞬間、記憶のなかの写真が変化する。茉莉奈の顔がぐんにゃり歪み、見るみる形を変えていく。そして、あっという間に果穂の顔になっていた。

しかも隣で頬を寄せているのは、自分ではなく寅雄だ。双子なので顔は似ているが、自分たちが間違えるはずがない。それなのに、記憶のなかにある写真を完全に勘違いしていた。

「なっ……ど、どうして?」

辰樹はベッドに腰かけたまま頭を抱えこんだ。

果穂が言っていたように、記憶が混同しているのだろうか。しかし、寅雄と果穂が遊園地に行ったことなど知らなかった。聞いたけれど忘れてしまったのかもしれない。

「三月はわたしの誕生日だよ。トラちゃんと遊園地に行ったの」

果穂が穏やかな声で話しはじめた。

「そのときに写真を撮ったの。観覧車のなかで。その写真がトラちゃんの部屋に飾ってあるから、それを見たんじゃない？」

彼女の言いたいことはわかる。

写真の記憶がなんとなく残っており、辰樹は自分が体験したことだと勘違いした。いかにもありそうな話だ。

（でも……）

本当にそうだろうか。

記憶があやふやなので自信を持って言うことはできない。だが、単なる勘違いだとは、どうしても思えなかった。

「わからない……わからないよ」

頭が割れるように痛くなる。もうなにも考えたくない。がっくりうつむき、髪の毛をかきむしった。

「タッちゃん」

果穂が立ちあがる気配がした。

ベッドが微かに軋んで、ギシッと小さな音を立てる。彼女がすぐ隣に腰かけたのだ。

「少し混乱してるだけだよ」

肩にそっと手を置いてくれる。柔らかい手のひらから、彼女の体温とやさしさが伝わってきた。

「なんか……ごめん」

また寅雄のことを思い出させてしまった。辰樹は申しわけない気持ちになって頭をさげた。

考えてみれば、恋人を亡くしたというのに、果穂が悲しんでいる顔を一度も見ていない。寅雄に会えなくてつらいはずだ。それなのに、辰樹の前では気を張っているのだろう。

「謝らなくていいよ。一番大変なのは、タッちゃんなんだから」

果穂の言葉が胸に染み渡る。

なぜだろう。果穂と話していると、心臓の鼓動が速くなる。これが心に響くということだろうか。

「胸がドキドキしてきたよ。あの日もそうだったな」

「あの日って?」

「観覧車に乗る前だよ。俺、転びそうになっただろ」

ほとんど無意識のうちにつぶやき、自分の言葉にはっとする。

いったい、なにを言っているのだろうか。観覧車に乗ったのは、辰樹ではなく寅雄だ。しかも、まるで寅雄のように「俺」と口走っていた。

「どうして、そんなことまで知ってるの?」

果穂が目をまるくする。

どうやら、寅雄は観覧車に乗る前、転びそうになったらしい。どうして、自分がそんなことを知っているのかわからない。じつは寅雄から聞いていて、その記憶がよみがえったのだろうか。

「わからない……」

胸が苦しい。寅雄から移植された心臓と肺が呼応している気がした。

「そっか、きっとトラちゃんから詳しく聞いたんだね。でも、トラちゃんと話してるみたいな気がして……うれしかった」

ふいに果穂が瞳を潤ませる。最後のほうは消え入りそうな声になっていた。

「果穂ちゃん……ごめん」

彼女が寅雄のことを思い出したのは間違いない。自分の言動が、果穂を悲しませているのだ。

「トラちゃんに会いたい……会いたいよ」

ついに果穂の瞳から涙が溢れて頬を伝う。

これまで泣かないように我慢していたのだろう。しかし、一度決壊したことでとめられなくなる。大粒の涙が次々と頬を濡らしていく。

（僕は、どうすれば……）

辰樹はおろおろするばかりで、どうすればいいのかわからなかった。

慰めなければと思うが、果穂は弟の恋人だ。しかも、自分は弟の肺と心臓をもらい受けて、こうして生き長らえている。そんな辰樹のことを、彼女が本心ではどう思っているのかわからなかった。

3

「か……果穂ちゃん」

迷ったすえ、果穂の肩に手をまわしていく。彼女がいやがる素振りを見せないので、そのままそっと抱き寄せた。

「トラちゃん……」

果穂は甘えるようにつぶやき、辰樹の肩に頭を預けてくる。

右肩にかかる頭の重みが心地いい。愛おしさがこみあげるから、なおさら困惑が強くなった。

「僕……寅雄じゃないよ」

自分に言い聞かせるためにもつぶやいた。

彼女は亡くなった弟の恋人だ。まかり間違っても、一線を越えるわけにはいかなかった。

「わかってる。トラちゃんは……も、もう……」

果穂が震える声でつぶやいた。

顔をあげて、すぐ近くから見つめてくる。息がかかる距離で見つめ合い、またしても胸の鼓動が速くなった。

「顔……そっくりだね」

「でも、中身は別人だよ。寅雄はまじめだったけど、僕は能天気だって子供のころからよく言われてたよ」

双子だから似ているのは当然だ。あえておどけた口調を心がけるが、果穂は笑ってくれなかった。

「別人だってわかってるけど、今だけ……」

顔がゆっくり近づいてくる。果穂の甘い吐息が鼻先をかすめて、さらに緊張感が高まった。

「か、果穂ちゃん……いけないよ」

なんとか声を絞り出す。しかし、彼女の気持ちを思うと、突き放すこともできなかった。

「今だけ……今だけでいいから、トラちゃんになって」

懇願するような口調になっていた。涙を流しながら見つめられて、辰樹は身動きできなくなった。

「ンっ……」

果穂が唇をそっと重ねてくる。

ついに弟の恋人とキスをしてしまった。心のなかではいけないと思っているが、拒絶することもできない。どうするのが正解なのかわからず、キスを受け入れてしまった。

「トラちゃん……ンンっ」

果穂が柔らかい舌で唇を舐めてくる。

まるでくすぐるように、閉じた唇の境目を舌先でツツーッと何度もなぞってくる。やがて我慢できなくなり、唇を半開きにしてしまう。すると、すかさず舌がヌルリッと入りこんできた。

受け身だった茉莉奈とは対照的だ。さっそく口のなかを舐めまわしてくると同時に、茉莉奈では感じられなかった芳しい吐息が流れこんで鼻に抜けた。

「うむっ、か、果穂ちゃん」

舌をからめとられて、瞬く間にディープキスに発展する。

これ以上はまずいと思うが、彼女を押し返すのもかわいそうだ。逡巡しているうちに舌を吸われて、心の奥底から欲望が湧きあがってきた。

粘膜がヌルヌル擦れ合うのがたまらない。唾液をすすり飲まれたかと思うと、反対に甘い唾液を注ぎこまれる。辰樹は反射的に飲みくだして、ますます彼女の魅力に惹かれていった。

(ダ、ダメだ……)

このままだと、やめられなくなる。辰樹は意志の力を総動員して、唇を引き剝がした。

「あっ……」

果穂が淋しげな瞳を向けてくる。辰樹が首を小さく左右に振ると、彼女は新たな涙で頬を濡らした。

「やっぱり、ダメだよね……茉莉奈さんに悪いもんね」

言葉の端々に、恋人を失った悲しみが見え隠れしている。またしても罪悪感が刺激されて、辰樹はなにも言えなくなった。

「タッちゃん、ごめんね。ちょっと……ほんのちょっとだけ、淋しくなっちゃったから」

そう言い終わったとたん、果穂はすすり泣きを漏らした。そして、辰樹の左の胸板に手のひらをあてがった。

「ここにトラちゃんがいるんだね」

果穂のせつなげなつぶやきが心を震わせた。

こんなとき、どんな言葉をかければいいのだろう。下手な慰めは逆効果になる気がした。

（僕は、どうすれば……）

なんとかして彼女を悲しみから救いたい。心からそう願ったとき、寅雄の心臓が大きく拍動した。

「うっ……」

一度は抑えこんだ欲望が、再び勢力を増してふくれあがる。

ペニスが瞬く間に芯を通して頭をもたげていく。亀頭が膨張すると、先端から大量の我慢汁が溢れ出す。チノパンの股間が大きなテントを張り、窮屈でたまらなくなった。

このまま押し倒してもいいのではないか。

ふとそんな感情が湧きあがった。これは果穂が望んでいることだ。恋人を失った悲しみを癒すため、ひとりぼっちになった淋しさを埋めるため、双子の兄である辰樹に抱かれたいと思っている。その願いを叶えてあげることが、今の辰樹に唯一できることだった。

寅雄もそれを望んでいる気がする。

もう弟の気持ちを確認する術はない。だが、なぜか辰樹には、確信に近い思いがあった。

(よし……)

迷いを振りきり、彼女の肩を抱き寄せる。そして、セーターの上から乳房を揉みあげた。

「あっ……タ、タッちゃん?」

果穂が驚きの声をあげるが、構うことなく双つのふくらみを交互に揉んだ。そして、唇を奪うと今度は辰樹のほうから舌を差し入れた。

「あンンっ」

彼女はとまどっているが関係ない。舌をからめとり、思いきりジュルルッと吸いあげた。

「急にどうしたの？」

「果穂ちゃんの望みを叶えてあげるよ」

セーターをまくりあげて、頭から抜き取った。すると、淡いピンクのブラジャーに包まれた大きな乳房が見えてきた。

「ほ、本当にするの？」

この期に及んで怖じ気づいたのか、果穂が濡れた瞳を向けてくる。だが、辰樹の視線は白い乳房の谷間に釘付けだった。まさか弟の彼女とこんなことになるとは思いもしない。罪悪感はあるが、もう止まらなかった。

（か、果穂ちゃんの……も、もっと……もっと見たい）

腹の底から欲望が湧きあがってくる。

弟の恋人だということを忘れたわけではない。果穂を慰めるという目的も覚えている。しかし、牡の本能がどうしようもないほどふくれあがり、早くも暴走をはじめていた。

とにかく、果穂の裸を見てみたい。白い乳房の谷間も魅惑的で、すかさず背中のホックをはずしてブラジャーを奪い取った。

「あンっ」

果穂の恥じらいの声とともに、双つのふくらみが勢いよく溢れ出た。

まるで新鮮なメロンのような乳房だ。張りがあってタプタプと揺れている。茉莉奈よりひとまわりは大きい。ところが、ミルキーピンクの乳輪と乳首は小さかった。

(こ、こんなに……)

辰樹は思わず目を見開いた。

アイドルのように愛らしい顔立ちをした果穂が、これほど大きな乳房の持ち主とは思いもしない。ついつい無遠慮に凝視してしまう。すると、果穂は両腕で乳房を抱きしめて肩をすくめた。

「そんなに見られたら……」

ささやくように言うと、頬をぽっと赤らめる。そんなふうに恥じらう姿が、なおさら牡の欲望を煽り立てた。

手のひらを軽く押し当てただけで、乳房全体がタプンッと揺れる。まるで液体のように、柔肉全体に震えがひろがった。

「や、柔らかい……」

そっと揉んでみると、指先がいとも簡単に沈みこんでいく。茉莉奈の乳房も柔らかかったが、果穂は若いため張りもある。柔らかさと弾力がバランスよく同居していた。奇跡のような感触に昂り、双つのふくらみを交互に揉みしだいた。

「あンっ……おっぱいが好きなの?」

頬を赤く染めながら果穂が尋ねてくる。乳房を揉まれたことで、少し息遣いが荒くなっていた。

「果穂ちゃんのおっぱいが、あんまりかわいいから触りたくなるんだよ」

しゃべりながら乳首を摘まみあげる。とたんに女体がビクッと震えて、彼女の唇から甘い声が溢れ出した。

「あンンっ……そ、そこは……」

敏感に反応してくれるから、よけいに触りたくなる。双つの乳首を摘まみあげては、指先でクニクニと転がした。

「あっ……あっ……」

果穂は切れぎれの声を漏らして、腰をもじつかせる。

さらなる愛撫を期待しているのかもしれない。それならばと、辰樹は彼女の下半身に手を伸ばした。

「あっ、ま、待って」

果穂の唇からとまどいの声が漏れるが、構うことなくミニスカートを一気に引きおろす。ウエスト部分がゴムになっているので脱がすのは簡単だ。ブラジャーとお揃いの、淡いピンクのパンティが露になった。

腹の底から欲望がメラメラとこみあげる。勢いのまま女体をベッドに押し倒すと、最後の一枚に指をかけた。

「タッちゃん……なんか、怖いよ」

果穂の顔に怯えが浮かんだ。

つい欲望にまかせて押し倒してしまった。やさしく癒してやりたいが、多少強引にするのが辰樹のやり方だ。

ところが、果穂はいっさい抗わない。それどころか、尻をシーツから浮かせて辰樹に協力してくれる。だから、遠慮することなくパンティを奪い取って全裸に剝いた。

「ああっ……」

ついに果穂は生まれたままの姿になった。

顔を横に向けて羞恥の喘ぎを漏らすが、両手は身体の脇に置いたまま、すべてをさらしていた。

(果穂ちゃんが……あの果穂ちゃんが裸に……)

寅雄と仲よさそうに話していた姿を覚えている。それを思い返すと、彼女が目の前で裸になっているのが信じられなかった。

果穂の裸身は眩しいくらいに瑞々しい。

恥丘はぷっくり盛りあがり、そこに申しわけ程度の陰毛がそよいでいる。生毛のような繊毛が、わずかに揺れているだけだ。恥丘の白い地肌だけではなく、中央に走る縦溝まで透けていた。

(ほとんど生えてないじゃないか……)

果穂の下半身を見るのは、もちろんこれがはじめてだ。思わず目を見開いて恥丘を凝視する。

茉莉奈の楕円形に整えられた陰毛とは対照的な、まるで幼子のように薄い恥毛だ。指先でなぞると高級な毛筆のようになめらかで柔らかい。しかも地肌にも触れられて、さらに興奮が高まった。

「わたしだけなんて……」

果穂が拗ねたように唇をとがらせた。

自分だけ裸なのが恥ずかしいらしい。濡れた瞳で見あげると、無言で抗議してきた。

「僕も脱げばいいんだろ」

辰樹も服を脱いで裸になる。ボクサーブリーフを引きさげると、すでに屹立しているペニスが、我慢汁を振りまきながら勢いよく飛び出した。

「もう、こんなに……」

果穂が反り返った肉棒を目にして息を呑む。そして、胸の中央やや左寄りに刻まれた縫い跡をじっと見つめてきた。

「大変な手術をしたんだね」

「怖い？」

「ううん。ここにトラちゃんがいるんだもん。怖くなんかないよ」

果穂は胸の縫い跡を指先でそっとなぞった。

そのまま指を下半身へとすべらせていく。そして、膝立ちになった辰樹の股間に手を伸ばして、太幹に指を巻きつけてきた。

4

「あれ？」

果穂が不思議そうに首をかしげた。

ほっそりした指を張りつめた肉棒に巻きつけて、ゆったりしごきはじめた直後のことだった。

「双子の兄弟でも、ここは違うんだね」

ひとりごとのようにつぶやき、ペニスをまじまじと見つめてくる。太幹に指を這わせては、なぜかニヤニヤしてうなずいた。

「どっちが大きいの？」

つい気になって尋ねてしまう。すると、彼女は微笑を浮かべて辰樹の顔を見あげてきた。

「大きさは同じくらいだよ。やっぱり、男の人って気にするんだね」

「じゃあ、なにが違うの？」

「曲がり方が違うの。トラちゃんは左曲がりだったけど、タッちゃんは、ほら、少し右に曲がってるでしょ」

指摘されて己の股間に視線を向ける。確かに勃起したペニスは、右に曲がっていた。

（そういえば……）

ふと思い出す。

先日、病室で茉莉奈とセックスしたとき、ペニスは左に曲がっていた。今の今までとくに気にしていなかったが、寅雄が左曲がりだったと聞いて、なにかが心に引っかかった。

「もしかしたら、タッちゃんのほうが少し大きいかも」

唐突に果穂がつぶやいた。

辰樹が考えこんでいたので、大きさを気にしていると思ったらしい。果穂は慌てて言い直すと、細い指をスライドさせて硬化したペニスをゆるゆるとしごきはじめた。

「ううっ……果穂ちゃん」

「気持ちいい？」

目が合うと、果穂はにっこり微笑んでくれる。弟の恋人だと思うと罪悪感がふくらむが、それ以上の興奮が押し寄せた。

こうなったら行きつくところまで行くしかない。辰樹は果穂の女体をうつ伏せに転がすと、くびれた腰をつかんで強引に持ちあげる。彼女は両膝をつき、尻を高くかかげる格好になった。

「こんなの……恥ずかしいよ」

果穂がとまどいの声を漏らして振り返る。愛らしい顔がまっ赤に染まっているが、辰樹は張りのある尻に見惚れていた。

（おおっ、スベスベじゃないか）

尻たぶを撫でまわして、思わず心のなかで唸った。

女子大生の尻たぶは、まるでシルクのようになめらかだ。手のひらで触れているだけでも、さらに興奮が高まった。

双臀を割り開けば、ミルキーピンクの女陰が露出する。茉莉奈よりも色素はずっと薄く二枚の花弁は慎ましやかで、まったく型崩れしていない。まるでヴァージンのように、清楚なたたずまいだった。

しっとり濡れているのを確認すると、欲望が抑えきれないほどふくらんだ。

「じゃあ、いくよ」

辰樹は膝立ちの状態でにじり寄る。そして、いきり勃ったペニスの先端を女陰に押し当てた。

「えっ……い、いきなり？」

果穂が驚きの声をあげる。

まだ前戯がつづくと思ったらしい。辰樹にとっては普通のことだが、寅雄は前戯に時間をかけていたのだろうか。しかし、欲望は膨張をつづけており、もう興奮を抑えられなかった。

今すぐ挿入して思いきりピストンしたい。辰樹は果穂の声を無視すると、ペニスの先端を陰唇に押し当てた。

「あンっ、ま、待って――はううッ」

そのまま亀頭を埋めこむと、果穂の頭が跳ねあがる。ポニーテールが大きく弾み、背中が弓なりに反り返った。

「ううウッ」

膣口が猛烈に締まり、早くも快感の第一波が押し寄せる。辰樹は慌てて動きをとめると、下っ腹に力をこめた。

（くっ……あ、危なかった）

額に冷や汗がじんわり滲んだ。

若いからなのか、男根を食いしめる力は強烈だ。濡れた膣襞が驚いたように反応して、亀頭の表面を這いまわっている。華蜜の量は茉莉奈のほうが多いが、締めつける力は果穂のほうが強かった。

快感の波をやり過ごすと、再び挿入を開始する。無造作に腰を押しつけて、太幹を根元まで突きこんだ。

「あううッ、そ、そんな……ゆ、ゆっくり」

またしても果穂が大きな声をほとばしらせる。慌てた様子で振り返ると、眉が困ったように歪んでいた。

どうやら、彼女はスローなピストンが好みらしい。しかし、辰樹は腰をガンガン振りたい質（たち）だった。

「いくよ」

声をかけてから腰を引く。ところが、膣が猛烈に締まっているため、カリが膣壁にめりこんで動かない。

「ひンンッ、ま、まだ動かないで」

果穂が情けない声を漏らして腰をよじる。辰樹は何事かと思い、慌てて動きをとめた。

「もしかして、痛かった？」

「ううん、そうじゃないの……トラちゃんは、そんなにすぐ動かないから」

意外な言葉だった。

どうやら、挿入してから一拍置くのが寅雄のやり方らしい。媚肉はうれしそうにヒクついているが、彼女は休憩を欲していた。

「トラちゃんは挿れるまでは長いけど、挿れてからは早いから……こんなにすぐ動かないの」

どうやら寅雄は早漏ぎみだったらしい。だから、前戯に時間をかけていたのだろう。

「で、でも、僕……」

動かしたくてたまらない。媚肉がヒクつくので、微妙な刺激がペニスに伝わってくる。この状態でじっとしているのは耐えられなかった。

「少しならいいよね」

彼女の許可を待たずに動きはじめる。くびれた腰をしっかりつかむと、さっそくピストンを開始した。

「あッ、ちょ、ちょっと……あぁッ」

果穂が首を左右に振り、両手でシーツを握りしめる。まだ心の準備ができていなかったらしい。だが、膣道は濡れているので問題ないだろう。

「おおッ、果穂ちゃんっ」

反り返った肉棒を出し入れする。亀頭が抜け落ちる寸前まで後退させると、勢いよく根元までたたきこむ。しかし、締まりが強いので、なかなかスピードがあがらない。せめて膣の奥まで届くように、ズンッと力強く押しこんだ。

「あンッ、そ、そんなに奥まで……」

果穂は苦しげにつぶやき、女体を小刻み震わせた。

奥まで挿入された経験がないのかもしれない。いったい、寅雄とはどんなセックスをしていたのだろう。

「タ、タッちゃん、お願い……奥はやめて」

果穂は今にも泣きそうな顔で振り返り、弱々しい声で懇願してくる。

そんなことを言われると、ますます責めたくなってしまう。辰樹はピストンのスピードをあげて、亀頭を連続して膣の奥にたたきこんだ。

「ひッ……ひあッ……は、激し……あああッ」

とまどいまじりだった喘ぎ声が、徐々に艶を帯びていく。果穂は尻を高くかかげた恥ずかしい格好で、ヒイヒイよがりはじめた。

「はあッ……はああッ……こ、こんなの知らないっ」

「くううッ、また締まってきたっ」

膣が意志を持った生物のようにうねっている。ピストンするほどに女体が汗ばみ、桜色に染まっていく。

「あああッ、タッちゃんが、こんなに激しいなんて」

「僕はいつもこうだよ。激しいのもいいだろ?」

彼女が敏感に反応してくれるから責めがいがある。愛蜜の分泌量が増えたため、ペニスの動きがスムーズになっていた。辰樹はさらに気合を入れて、腰を力強く振り立てた。

「ああッ……ああッ……す、すごいっ」

よほど感じるのか、果穂はシーツがグシャグシャになるほどかきむしる。そして、さらなるピストンをねだるように、自ら尻を押しつけてきた。

（それなら、遠慮する必要はないな）

辰樹は心のなかでニヤリと笑う。そして、瑞々しい尻たぶを両手でわしづかみにすると、全力のピストンを開始した。

「くおおおッ」

「そ、そんな……あああッ、壊れちゃうっ」

果穂が困惑した様子で振り返る。双眸からは歓喜の涙が溢れて、頰を伝い落ちていた。

アイドルのように可愛い果穂が、涙を流すほど感じている。そんな顔を見せられたら、ますますピストンに力が入ってしまう。ペニスを突きこむたび、尻たぶがパンッ、パンッと乾いた打擲音を響かせる。ポニーテールが大きく弾み、汗で濡れ光る背中が艶めかしく波打った。

「また締まってきた……おおッ、おおおッ」

とにかく、力強く責め立てる。亀頭が膣道の深い場所まで入りこみ、子宮口を何度も何度もノックした。

「あああッ、も、もうっ、はああッ」

感じているのは間違いない。ペニスの突きこみに合わせて、果穂は手放しで喘ぎはじめる。女壺がうねり、容赦なく太幹を締めあげた。

「これはすごいっ……おおおおッ」

「あぁッ、あぁッ、いいっ、いいっ」

果穂の喘ぎ声がいっそう大きくなる。女体は小刻みに痙攣しており、絶頂が近づいているのは明らかだ。

辰樹はここぞとばかりにペニスをたたきこむ。彼女の背中に覆いかぶさり、両手を前にまわして乳房を揉みしだく。硬くしこった乳首を摘まんで刺激しながら、膣奥を突きまくった。

「ひああッ、も、もうダメっ、あああッ、もうダメぇっ」

ついに最後の瞬間が迫ってきたらしい。果穂が大きな声をあげて腰をよじらせる。何度も「ダメ」と口走るが、膣はペニスをしっかり食いしめて離さない。だから、辰樹は遠慮することなく突きまくった。

「ひいッ、も、もうっ、ひあああッ、もうイッちゃうっ」

「おおおッ、いいよ、イッていいよっ」

辰樹も射精欲がふくらんでいるが、奥歯を食い縛って耐えながら男根を送りこむ。膣奥をたたきつづければ、彼女の背中がググッと大きく反り返った。

「はああッ、い、いいっ、あああッ、イクッ、イクイクううッ！」

ついに果穂がアクメのよがり泣きを響かせる。膣が猛烈に締まり、無数の襞が猛烈に蠢いた。

「おおおッ、で、出るっ、おおおッ、ぬおおおおおおッ！」

彼女が昇りつめたのを見届けて、辰樹も雄叫びを響かせる。ペニスを根元まで埋めこみ、思いきり欲望を爆発させた。煮えたぎるザーメンが高速で尿道を駆けくだり、亀頭の先端から勢いよく噴きあがった。

「あひいッ、あ、熱いっ、あああッ、また、あぁああああああッ！」

達した直後に精液を注ぎこまれて、すぐさま果穂が絶頂に引き戻される。女体が仰け反り、感電したようにビクビク震えた。

連続でアクメの嵐に巻きこまれると、突然、糸が切れたように脱力する。果穂は尻を高く持ちあげたまま、シーツにがっくり突っ伏した。

「すごかった……」

果穂がぽつりとつぶやいた。

ようやくオルガスムスの余韻が冷めてきたらしい。辰樹がペニスを引き抜いて隣で横たわっても、彼女はしばらくハアハアと息を乱すばかりで、まったく話せる状態ではなかった。

「こんなの、はじめて……」

うっとりした瞳を向けられて、辰樹は思わず息を呑んだ。

「なんだか求められてる気がして、うれしかった」

これまで聞いたことのない、しっとりした声音になっていた。

なにやら、おかしな空気が漂っている。果穂にじっと見つめられて、いやな予感がこみあげてきた。

恋人を失って悲しんでいる果穂を慰めたかった。純粋にそれだけだったが、果穂は勘違いしてしまったらしい。熱い眼差しを向けられて、辰樹は言葉を返せなくなってしまった。

「タッちゃんて普段はやさしいのに、エッチになると激しいんだね」

果穂が頬を赤らめながら語りかけてくる。

「そ、そうかな……」

適当にごまかそうとするが、果穂は視線をそらそうとしなかった。

「すごく情熱的だった」

なにやらロマンティックな空気が流れ出す。

これはまずい流れだ。なんとかして場の空気を壊さなければ、ますます彼女は恋愛モードになってしまう。

「と、寅雄……寅雄とは、どんな感じだったの?」

苦しまぎれに寅雄の名前を出してみる。まだ悲しみを引きずっている状態なので、これで我に返ってくれるかもしれない。

「トラちゃんは……すごくやさしかった」

予想どおり、果穂のテンションが一気にさがった。

「腰の振り方もソフトで……絶対にわたしがいやがることはしないの」

平静を装っているが、瞳には涙がいっぱいたまっていた。そんな果穂を見ていると、かわいそうになってしまう。

(果穂ちゃん……ごめん)

思わず心のなかで謝罪する。

一時でも悲しみを忘れていたのに、寅雄のことを持ち出してしまった。辰樹自身も淋しさがこみあげて、結局、ふたりして涙ぐんだ。

第三章　人妻ナースの献身

1

退院して一週間が過ぎていた。

辰樹は目覚まし時計のアラームをとめると、ベッドで横になったまま大きく伸びをする。そして、天井を見つめて耳を澄ました。静かだった。ひとりなので当然だが、物音はいっさい聞こえない。

(やっぱり、ひとりか……)

部屋で耳を澄ますのは最近の癖だった。

つい寅雄がいないか確認してしまう。いるわけがないのはわかっている。それでも、気づくと弟の姿を捜していた。弟の死をいまだに受け入れられていないのかもしれなかった。

淋しさを感じる一方、不思議なことに弟が生きている気がしてならない。矛盾しているが、なぜかひとりとは思えなかった。

体を起こすとベッドに腰かけた。

今朝も体調は悪くない。アパートでの日常生活に戻ったことで、心も体も少しずつだが快方に向かっていた。

この一週間、体を動かすことと、記憶の回復に努めてきた。とはいっても、いきなり激しいことはできない。近所を散歩したり、古い写真を見返して頭を刺激したりという地道な作業のくり返しだ。

病院でのリハビリで体力はかなり回復したと思っていたが、実際はまだまだ疲れやすかった。しかし、散歩の距離を徐々に伸ばしていくことで、だいぶ筋力が戻ってきた。

問題は記憶のほうだが、こちらもかなり回復している。すでに日常生活を送るには支障がないレベルになっていた。ただ、どうにも頭がすっきりしない。ぼんやりと靄がかかったような状態がつづいていた。

そして、なにより肝心な事故の記憶が戻らない。トラックに撥ねられた瞬間のことはもちろん、前後の記憶もすっぽり抜け落ちていた。

自分でも調べてみたのだが、事故などで頭を打って記憶がなくなってしまうことはよくあるらしい。逆行性健忘症というもので、なにかの影響でふいに記憶が戻ることもあれば、ずっと戻らない場合もあるという。

（もしかして……）

弟の死を受け入れられないのは、事故の記憶がないせいではないか。

前に進むためにも、なんとかして思い出したい。事故当日、自分たち兄弟になにがあったのか知りたかった。

茉莉奈はほぼ毎日、仕事が終わってから様子を見に来てくれる。晩ご飯を作ってくれて、それをいっしょに食べるのだ。何度かいい雰囲気になったが、茉莉奈は辰樹の体を気遣っているらしく、無理に求めてくることはない。朝が早いので、いつもすぐに帰ってしまうが、それでも辰樹はうれしかった。

果穂とはあれから会っていない。先日、セックスしてしまったことが気まずいのだろう。辰樹は亡くなった恋人の双子の兄だ。寅雄のことを思って、罪悪感が芽生えたのかもしれなかった。

直接、アパートを尋ねてくることはないが、果穂からは毎日メールが届いている。辰樹の体調を気にかけていたのは最初だけで、大学でこんなおもしろいことがあったとか、おいしいパンケーキの店を見つけたので今度いっしょに行こうとか、たわいない内容が多かった。

どれも急ぎのものではない。しかし、言葉の端々に、辰樹に対する想いが滲んでいるのは感じていた。

一卵性双生児なので、辰樹と寅雄の顔はかなり似ている。辰樹に亡き恋人の姿を重ねているのだろうか。

(いや、それとも……)

彼女は激しいセックスに感激していた。もしかしたら、愛されていると勘違いさせてしまったのだろうか。

(そういえば……)

ふと写真のことを思い出した。

すでに寅雄の部屋に入り、フォトフレームが飾ってあるのを確認してある。果穂の誕生日に遊園地で撮った仲睦まじい写真だ。辰樹は事故が起きる前、その写真を見た記憶があった。

そして、なぜか写真の内容を自分が体験したことだと勘違いした。

いくら頭を打ったとはいえ、そんなことがあるだろうか。顔が似ていてよく間違われたが、自分自身が弟と混同するなどあり得ない。しかし、果穂と話していたときは、自分が遊園地に行ったと信じて疑わなかった。

なにより不思議なのは、寅雄が観覧車に乗る前、転びそうになったことまで知っていたのだ。そんな場面は写真に残っていない。それなのに、まるで自分が体験したように覚えていた。

どういう場所で、どんなふうに転びかけたか、今でもはっきり思い浮かべることができる。辰樹が現場を見ていたのなら、まだ説明がつく。だが、その遊園地には一度も行ったことがなかった。

(どうして、僕がそのことを知っていたんだ?)

思わず頭を抱えて考えこむ。

事故に遭う前、寅雄が教えてくれたのだろうか。しかし、これまで辰樹はデートの内容を尋ねたことはないし、寅雄も詳しく話したりはしなかった。あの日に限って、転倒しかけたことまで報告したとは思えない。

もしかしたら、双子ならではの不可思議な現象ではないか。

弟の考えていることがわかったり、弟がどこかを怪我すると自分も同じ場所が痛くなったり、胃が痛くなったと思ったら弟が悩みを抱えていたり、ということが度々あった。

そんな双子の特殊な能力が、あの写真についても起きていたのではないか。

今のところ、そう考えなければ説明がつかない。双子のテレパシーなど非科学的だと思う。だが、実際に自分たちが経験しているのだから、否定することはできない。

（でも……なんか違う気がする）

この違和感はなんだろう。

じつは、ほかにも不思議なことが起きていた。

昨夜、茉莉奈がここに来てくれたときのことだ。晩ご飯を食べながら、寅雄の話になった。

「今年に入ってから、トラくんに聞かれたことがあるの」

茉莉奈は言いにくそうに切り出した。

「俺のせいで、辰樹は茉莉奈さんといっしょに住めないんじゃないか。俺、ふたりの邪魔をしてないかな……って」

それを聞いた瞬間、辰樹は目眩を覚えて胸が苦しくなった。寅雄から譲り受けた心臓が強く拍動したように感じた。

「寅雄のやつ……そんなことを気にしてたのか」

辰樹はとっさにそう答えたが、なぜか寅雄と茉莉奈が話したときのかなりリアルな記憶があった。寅雄の口調も、茉莉奈が頰を染めた様子も鮮明に覚えていた。とはいっても、辰樹はその場に居合わせたわけではない。

その日、辰樹はアルバイトで欠員が出たため、残業することになった。いっしょに食事をする約束をしていた茉莉奈が先にアパートに到着して、寅雄が話し相手になっていたのだ。

茉莉奈がどう答えたのかも知っている。

——いずれはいっしょに住みたいと思ってるけど……トラくんは、果穂ちゃんとどうなってるの？

頰を赤らめて、そうつぶやいたのだ。

茉莉奈は手の爪をいじったり、部屋のなかをキョロキョロ見まわしたり、落ち着かない様子だった。普段は面倒見がよくて物静かなのに、このときは明らかに動揺していた。

どうして自分が知っているのかはわからない。もしかしたら、ただの妄想かもしれないと思い、確認するために茉莉奈に尋ねてみた。

「それで、マリちゃんはどう答えたの？」

「うん……トラくんは、果穂ちゃんとどうなってるの……って答えたわ」

茉莉奈は照れくさかったのか、前半部分を省略して教えてくれた。

やはり間違いない。辰樹はそこにいなかったのに、まるで自分が見聞きしたように記憶している。

いったい、なにが起きているのだろう。

双子ならではの特殊な現象かもしれないし、寅雄から報告を受けたことを自分の体験と勘違いしているのかもしれない。事故で頭を打っているので、記憶が混乱している可能性は否定できなかった。

しかし、いずれにせよ、まるでその場にいたように記憶が詳細なのが引っかかる。なにしろ、茉莉奈の照れた表情や、落ち着かなく視線をさまよわせる様子まで、はっきり覚えているのだ。

（なにかおかしい……）

違和感はずっとつづいている。

体はかなり元気になったし、記憶もだいぶ戻ってきた。だからこそ、なおさら違和感が気になった。

辰樹は気を取り直すと、ベッドから立ちあがってカーテンを開けた。

朝の眩い光が差しこんでくる。窓の外には隣接するアパートの壁が迫っているので景観は最悪だ。それでも、この時間はまるで希望の光のように朝日が降り注いでいる。

細い屋根の隙間を見あげれば、重く沈みこんだ心境とは裏腹の澄み渡った青空が輝いていた。

（僕は生きてるんだ……）

右手をそっと左胸に重ねる。そして、自分に言い聞かせるように心のなかでつぶやいた。

確かな拍動が手のひらに伝わってくる。

寅雄にもらった大切な命だ。前向きにしっかり生きなければ申しわけない。落ちこんでばかりもいられなかった。

今日は定期検診で病院に行く日だ。

だが、その前に洗濯をしようと思っていた。退院してから一週間が経つが、まだ一度も洗濯機をまわしていなかった。

兄弟で暮らしていたので家事は分担していた。辰樹は食事の支度、寅雄は掃除と洗濯の担当だった。

（よし、やってみるか）

これまで弟にまかせっきりだったので自信はないが、そんなことは言っていられない。とにかく、たまっていた服を洗濯機に投げ入れた。

洗濯機の使い方はなんとなくわかりそうだが、洗剤がどこにあるのかわからない。周囲に見当たらず、思わず首をかしげた次の瞬間、なぜか当たり前のように頭上にある棚の扉を開いていた。

そこには柔軟剤と洗剤が置いてあった。

それぞれのボトルを手に取り、説明を読むことなく、適切な分量を洗濯機に投入していく。そして、いっさい迷うことなく洗濯機をまわすと、辰樹は眉根を寄せて小さく唸った。

（どうして……）

自分でもなにが起こったのかわからない。

洗濯など一度もやったことがないのに、なぜか手が勝手に動いていた。まるで、いつもやっている習慣で、体が覚えているようだった。

「寅雄……おまえなのか？」

思わず声に出してつぶやいた。

近くに寅雄がいるような気がする。もちろん、返事があるはずもない。わかっているが、周囲を見まわして亡き弟の姿を捜していた。

2

午後になると部屋を出て、ゆっくり歩きながら病院に向かった。

途中、思いきって事故現場を通るつもりでいた。場所は茉莉奈に教えてもらったが、まだ行く勇気がなかった。

しかし、このままでは現状を打破できない。実際に足を運んで、自分の目で事故現場を見てみれば、それが刺激となって記憶が戻るのではないか。荒療治かもしれないが、思い出すきっかけになればと思った。

トラックに撥ねられたのは駅の近くだ。辰樹と寅雄は酔っていたようなので、駅周辺の店で飲んでいたのだろう。

もうすぐ事故現場に到着する。次の交差点を曲がれば見えてくるはずだ。しかし、直前になって脚がすくんで動けなくなった。胸にどす黒いものがひろがっていく。これまで感じたことのない本能的な恐怖だった。

記憶にはないが、事故に遭って瀕死の重傷を負ったのだ。心臓と肺の移植手術を受けなければ、辰樹も命を落としていた。その場所が近づいただけで、心と体が拒否反応を示したらしい。全身の毛穴からいやな汗が噴き出している。とてもではないが見に行くことはできなかった。

「具合はいかがですか?」

主治医の森田が静かな声で尋ねてくる。

口調は穏やかだが、目は真剣そのものだ。辰樹の表情を慎重にうかがいながら問診していた。すでに血液検査とMRI検査を受けている。その結果を踏まえて、森田は話していた。

森田の斜め後ろには、看護師の葉子が立っている。彼女もいつになく引きしまった表情で、辰樹の顔を見つめていた。葉子がいるだけで安心できる。本当はいろいろ話したかったが、森田の前なので我慢した。

「だいぶいいです。体力も戻ってきました」

「記憶のほうはどうでしょう」

「生活するぶんには問題ないです」

今のところ事故の記憶以外は戻った気がする。だが、頭のなかに靄がかかったような状態はつづいていた。

「ただ、まだ頭がぼんやりしているというか……なんか、はっきりしなくて、ときどき頭痛も……」

「頭も強く打っているので、その後遺症ですね」

森田はそう言って、ＭＲＩの画像に視線を向ける。頭部の画像をひととおりチェックすると、再び辰樹に向き直った。

「出血の痕跡もないし、とくに問題はありません。あとは時間をかけて待つしかないですね。ただし、事故の瞬間の記憶というのは、戻らないこともよくあります。こればかりは、なんとも言えないのです」

森田は抑揚の少ない声で説明した。

辰樹も自分で調べたので、なんとなくはわかっている。それでも、なにがあったのか思い出したかった。

「胸が苦しくなったり、痛んだりといった症状はありませんか？」

「いえ、とくには」

辰樹が答えるたび、森田はカルテになにか書きこんでいく。

「動悸や息切れもありませんね」

「はい」

「移植の経過は順調です」

森田はもう一度、ＭＲＩの画像を確認する。血液検査の結果も見て、満足げにうなずいた。

「とくに拒絶反応も出ていません。実際に家で生活をしてみて、なにか気になることはありましたか？」

そう質問されて、辰樹は思わず黙りこんでしまう。気になることはあるが、どう答えるべきか迷いが生じていた。

助けを求めるように、葉子の顔をチラリと見やった。すると、彼女は心配そうな瞳で、辰樹の目をじっと見つめ返してくる。やさしげな瞳に背中を押してもらった気がして、なんとか口を開いた。

「体は大丈夫なんですけど……記憶のほうが、まだ……」
「生活するぶんには支障がないというお話でしたよね」
「ええ、そうなんですけど……弟から聞いた話を、自分の記憶と勘違いしているというか……上手く説明できないのですが……」

　辰樹の声はだんだん小さくなり、ついには黙りこんでしまった。

　自分の身に起こっている不思議なことを説明したいが、口にすると嘘っぽくなりそうだ。常識的に考えて、弟の記憶が自分に移るなど考えられない。現に森田は怪訝な顔をして見つめていた。

　なにしろ、辰樹は半年も昏睡状態だったのだ。脳にダメージが残っていてもおかしくない。そんな男の言うことを信じてもらえるだろうか。そんなことを考えていると、説明する気が失せてしまった。

「頭を打っていますからね……記憶の混乱が起きているのかもしれません。もう少し経過を観察してみましょう」

　そう言われて、辰樹はうなずくことしかできない。予想はしていたが、やはり医学的に説明がつくことではなかった。

辰樹は診察室を出て、会計を待っていた。

長椅子に座り、両肘を膝についている。なにやらひどく疲れて、がっくりうつむいていた。

移植の経過は順調だと聞いても、気分が晴れることはない。それより、記憶のことが気になって仕方なかった。医師に説明できなかった後悔が胸にある。だが、話したところで、きっと相手にされなかっただろう。

「辰樹くん」

ふいに声をかけられた。

うつむかせていた顔をあげた瞬間、眩い光が見えて目を細める。まるで温かい日差しを全身に受けたような心地よさに包まれた。

「辰樹くん、大丈夫？」

もう一度、声をかけられる。そのとき、ようやく目の前に立っている人物を認識した。

「よ……葉子さん」

名前を口にしたとたん、甘酸っぱい想いが胸にひろがっていく。

あまりにも眩しくて、直視できなかった。辰樹にとっては彼女こそ白衣の天使だった。

意識が戻って不安でたまらなかったとき、葉子がやさしく慰めてくれたことを覚えている。つい彼女の唇を見つめてしまう。あのぽってりした唇と柔らかい舌で、いきり勃ったペニスを包みこんでくれたのだ。

（ああっ、葉子さん……）

熱い気持ちがよみがえる。彼女がいなければ、あのとき辰樹はパニックを起こしていただろう。

「具合、悪いの？」

葉子が顔をのぞきこんでくる。心配そうに見つめられて、辰樹は慌てて首を左右に振った。

「い、いえ……別に……」

不安を吐露したい気持ちはある。でも、おかしなやつだと思われたくない。自分の身に起きていることを話す勇気はなかった。

「なにか気になることがあるんでしょう」

葉子の声はどこまでもやさしい。まるで内心を見透かしたように言われて、心が揺さぶられた。

(でも……きっと信じてもらえないよ)

辰樹は黙りこんで再び顔をうつむかせる。

自分でも信じられないのだ。先ほど診察室で言いかけたとき、森田も不思議そうな顔をしていた。とてもではないが相談できなかった。

「あとでお話しできないかな」

「えっ……」

顔をあげると、葉子は微笑を浮かべて見つめていた。やさしげな眼差しを向けられて、心が少し軽くなった。

「今夜、時間ある?」

葉子の言葉が頭のなかで反響した。

「よかったら食事でもどうかと思ったんだけど」

一瞬、自分の耳を疑った。

自宅療養中なので、時間ならいくらでもある。偶然にも、茉莉奈は取引先との会食が入っているので行けないと言っていた。

「どうかな?」

「は、はい……ぜ、ぜひ」

辰樹が何度もうなずくと、葉子は目を細めてくすりと笑った。

その笑顔を見ただけで心が癒された。なぜだろう、葉子といっしょにいると安心できる。彼女の所作ひとつひとつが胸に染み渡った。

「それじゃあ、夜七時に――」

葉子の仕事が終わってから、駅前で待ち合わせすることにした。

想像すらしていなかった展開だ。まさか葉子が食事に誘ってくれるとは思いもしなかった。

「あとでね」

葉子が軽く手を振って去って行く。白衣の後ろ姿を、辰樹は信じられない気持ちで見送った。

一拍置いて、腹の底からうれしさが湧きあがってくる。小躍りしたくなるのをこらえるのが大変だった。つい先ほどまで暗く沈んでいたのが嘘のようだ。辰樹は浮かれた気分で会計を待った。

3

午後六時四十五分――。

辰樹は駅のロータリーにある案内板の前に立っていた。

ここは待ち合わせスポットになっており、今日も人待ち顔の男女がたくさんいる。のんびりスマホをいじっている人や、待ち合わせ相手が来るのかどうか不安げな人、明らかに苛ついている人など様々だ。

それでも数分後には待ち人が現れて、みんなほっとした笑顔を浮かべる。そんな光景を、もう十五分も眺めていた。

葉子を待たせてはいけないと思った。彼女が早く到着することも考えて、辰樹は六時半にやってきた。さすがに早すぎたが、浮かれていたのでアパートでじっとしていることもできなかった。

辰樹はいったんアパートに帰り、少し時間をつぶしてから出直した。

出かける前、服装でずいぶん悩んだ。昔から服には無頓着だった。そこで寅雄の服を借りることを思いついた。これまで借りたことはないが、顔も体形もほぼ同じなので、どれを着ても合うはずだ。

ところが、クローゼットのなかはスーツばかりだった。一応、羽織ってみたが今ひとつピンとこない。鏡の前に立つと、そこに寅雄がいるようで複雑な気持ちになった。

結局、自分のチノパンとダンガリーシャツ、それにブルゾンという普段着で出かけることにした。

待ち合わせをしている人たちは、どんどん入れ替わっていく。ずっと立っているのは辰樹だけだった。

(どうして誘ってくれたのかな?)

先ほどから同じことばかり考えている。

葉子と食事に行けるのはうれしいが、今ひとつ理由がわからない。辰樹のことを心配してくれているのは確かだ。きっと彼女は人一倍、慈愛に満ちた女性なのだろう。

(でも、だからって……)

担当するたび、患者に入れこんでいたら身が持たないのではないか。

しかも、葉子は既婚者だ。患者とはいえ、夫以外の男と外で会うことに抵抗はないのだろうか。

いろいろ気になることはあるが、彼女に誘われた喜びがすべての感情をうわまわっている。宙をふわふわ漂うような気分だった。

ロータリーに設置されている時計の針が、六時五十五分を指した。

緊張が高まって深呼吸をしたとき、前方から歩いてくる女性の姿が目にとまった。信号が青になり横断歩道を渡ってくる。歩行者はほかにも大勢いるが、ひと目で彼女だとわかった。

（ああっ、なんてきれいなんだ）

思わずうっとり見惚れてしまう。

白衣を脱いでも、葉子は天使だった。焦げ茶のフレアスカートを穿き、カーキのトレンチコートを羽織っている。歩を進めるたび、セミロングの黒髪が柔らかく揺れていた。

周囲を見まわしていた葉子が、辰樹の姿を見つけて表情をほころばせる。歩調を速めて、あっという間に近づいてきた。

「もしかして待った？」

「ううん。そうでもないです」

辰樹は懸命に平静を装った。

本当に葉子が来てくれた。それだけで飛びあがりたいほどうれしい。彼女とふたりきりだと思うと、どうしようもないほど心が浮き立った。

茉莉奈のことを忘れたわけではない。頭の片隅には、心配してくれる恋人が常にいる。ところが、こうして葉子を前にすると、申しわけないが茉莉奈の存在が薄れてしまう。

(マリちゃん……ごめん)

心のなかで謝罪する。

自分でも最低だと思うが、こればかりはどうにもならない。惹かれる気持ちは抑えられなかった。

「行きましょう」

「はい……」

葉子にうながされるまま歩きはじめる。どこの店に行くのか、あらかじめ決めてあるようだった。

案内されたのは、個室のある居酒屋だった。

辰樹はなにやら秘密めいていて勝手に盛りあがるが、彼女はまったく違うことを考えていた。

「ここなら辰樹くんも話しやすいと思って。このお店に来たことある？」

「はじめてです」

「そう……わたしもはじめてなの」

テーブルを挟んで向かい合うと、葉子は穏やかな声で語りかけてくる。真剣な眼差しを向けられて、辰樹は思わず背すじを伸ばした。

「先生になにか話そうとしていたでしょう。気になっていることがあったら言ってほしいの」

診察室でのやり取りを言っているのだろう。葉子は辰樹が悩みを抱えていることに気づいていた。

「べ、別に……」

話したところで信じてもらえない。辰樹が言いよどんだとき、店員が注文を取りに来た。

ビールの中ジョッキをふたつと、つまみを何品か頼んだ。店員が端末を操作して立ち去ると、葉子が再び見つめてくる。しかし、辰樹の浮かれた気分はすっかりしぼんでいた。

「先生には話せないことがあるんじゃない？」

葉子は内心を探るような瞳になっている。

図星だったが、それでも答えられない。おかしなことを言っていると思われて、嫌われるのが怖かった。

「ひとりで抱えこんではいけないわ。先生は無理でも、わたしには話してほしいの。辰樹くんの力になりたいのよ」

穏やかな声音が胸に染み渡っていく、辰樹は顔をうつむかせると、彼女の言葉を噛みしめた。

ビールと枝豆が運ばれてくる。

もともと酒はあまり強くないし、退院してからはじめて飲むので気をつけたほうがいいだろう。とりあえず乾杯してひと口飲むが、緊張のあまり味がまったくしなかった。

「どうして……僕のこと、そんなに……」

「放っておけないわ。悩んでいるのがわかるんだもの。半年も看てきたのよ。元気になってもらいたいわ」

葉子の言葉に力がこもる。

しかし、わかるようでわからない。担当看護師だから患者の回復を願うのは当然かもしれない。しかし、彼女のプライベートの時間なのに、こうして気にかけてくれるのが理解できなかった。

「僕はうれしいけど……」

「じつはね……辰樹くんが眠っている間、毎日、話しかけていたの」

葉子は頰を赤らめると、秘密を告白するように小声で語り出した。

「朝の清拭のとき、検温のとき、それに点滴を取り替えるときなんかに、作業をしながら悩みを聞いてもらっていたの」

「でも、僕、意識がなかったんじゃ……」

「それでも、誰かに聞いてもらえるだけで気が楽になったわ」

遠くを見るような目になっている。葉子はそう言うと、ビールをひと口飲んで喉を湿らせた。

「だから、今度はわたしが辰樹くんを助けてあげたいの」

葉子が親身になってくれる理由がわかった気がする。彼女も人知れず悩みを抱えていたのだろう。

そこで再び店員がやってきた。注文していたシーザーサラダと鶏の唐揚げ、それにポテトフライとホッケがテーブルに並んだ。だが、今はなにかを食べる気分ではなかった。

「病院では話せないことがあるんじゃない?」

葉子があらたまった様子で尋ねてくる。さらにやさしい口調になり、辰樹をまっすぐ見つめてきた。

「記憶のことを話していたでしょう。寅雄くんから聞いた話を、自分の記憶と勘違いしているって」

「そ、それは……勘違いかもしれないから……」

深く追求されたくない。あまりにも現実離れした話だ。辰樹はとっさにごまかそうとするが、葉子はさらに言葉を重ねてきた。

「記憶転移って聞いたことないかな」

はじめて聞く言葉だ。辰樹は心のなかで「記憶転移」とつぶやき、首を小さく左右に振った。

「医学的な根拠はないんだけど――」

葉子はそう前置きしてから話しはじめた。

「これまで記憶は脳だけに宿ると考えられていたけど、そうではないかもしれないの。臓器移植によって、記憶が移ることが確認されているわ。とくに心臓移植で、記憶転移が多いと言われてるみたい」

記憶転移とは、臓器移植にともなって、提供者の記憶の一部が受給者に移る現象だという。

「まさか、そんなことが……」

胸の奥がざわついた。

「辰樹くんの場合は、寅雄くんの心臓と肺が移植されたわよね」

「それって、つまり……」

「もしかしたら、記憶転移じゃないかしら。解明はされていないけれど、世界中でそういう報告例がいくつもあるのよ」

葉子はあくまでもまじめなテンションで説明する。

荒唐無稽な話に聞こえるが、まさに辰樹と寅雄の間に起こっていることに当てはまった。

「そ、それ、本当ですか？」

辰樹は思わず前のめりになって尋ねた。

「ええ……でも、さっきも言ったけど、医学的な根拠はないの。まだメカニズムは解明されていないのよ」

医学的根拠などなくてもいい。そういう前例があるというだけで、気持ちが少し楽になった。

「じゃあ、寅雄の記憶が僕に……」

辰樹がつぶやくと、葉子はこっくりうなずいた。

「あるかもしれないわ。どんな記憶が移ったの？」

葉子に質問されて、辰樹は迷ったすえに打ち明けた。

寅雄と果穂が観覧車に乗ったときのエピソードや、寅雄と茉莉奈が交わした会話の内容をなぜか知っていたことなど、他人が聞いたら記憶違いだと笑い飛ばしそうな話ばかりだ。

ところが、葉子は茶化したり笑ったりすることなく、ときおり相づちを打ちながら聞いてくれる。だから、辰樹も冷静に話すことができた。

「頭を打ってるから、なんとも言えないけど……どうしても僕の記憶違いとは思えないんです」

葉子は少し考えこむような顔をする。そして、一拍置いてからうなずいた。

「記憶転移の可能性はあると思う」

「葉子さん……信じてくれるんですか」

「寅雄くんから聞いた話を自分の記憶だと勘違いしているにしては、説明が詳細すぎるわ。まるで、その場にいたみたいだもの。これが記憶転移だとしたら、辻褄が合うと思わない？」

葉子はいっさい否定することなく、辰樹の話を信じてくれる。それがなによりうれしかった。

「確かに頭を打ったけど、なんかおかしいと思って……」

「そうよね。ずっと辰樹くんのことを看てきたんだもの。わたしは辰樹くんの言うことを信じるわ」

「葉子さん……ありがとうございます」

思わず涙ぐみそうになり、ぐっとこらえた。

「なんの解決にもならないけど」

「いいんです。話を聞いてもらえただけで」

誰にも話せなかったことを打ち明けられて、心がすっと軽くなった。

「こんな話、森田先生の前では絶対にできないわね」

葉子はそう言って、ようやく笑みを浮かべる。そして「食べましょう」とうながしてきた。

なにやら急に食欲が出てきた。辰樹はさっそく唐揚げを食べながら、葉子の顔をチラチラ見やった。

(僕にどんなことを話してたのかな?)

ふと素朴な疑問が浮かんだ。

まだ辰樹が意識を失っている間、葉子はいろいろ話しかけていたという。彼女は「悩みを聞いてもらった」と言っていたが、いったいどんな悩みを抱えていたのだろうか。

「なあに?」

辰樹の視線に気づいて、葉子が指先でつまんだポテトフライを口に運びながら首をかしげた。

「い、いえ……あの……葉子さんの悩みって、なんだったのかなと思って」

一度はごまかそうと思ったが、やはり気になった。思いきって尋ねると、彼女の顔に困惑の色がひろがった。

「それは……」

葉子はなにかを言いかけて黙りこむ。そして、辰樹の目をまじまじとのぞきこんできた。

「本当になんにも覚えてないの？」

「だって、僕、気を失ってたんですよね？」

どうして、そんなことを聞かれるのかわからない。辰樹は意味がわからず聞き返していた。

「最初はね」

ささやくような声になっている。なぜか葉子は視線をそらして、ジョッキに残っていたビールを喉に流しこんだ。

「どういうことですか？」

「あとのほうは、意識が戻っていたから……いえ、正確には戻ってなかったのよね。でも、朦朧とはしていたけど、辰樹くんは普通に会話していたのよ」

そう言われて、ようやくピンと来た。

清拭をしてくれているとき、辰樹の意識はいきなり戻った。だが、実際はその二週間前に目が覚めて、リハビリもはじまっていたという。その二週間の記憶は完全に欠落していた。

「あの期間のことを言ってるんですね」

辰樹が尋ねると、葉子はなにやら恥ずかしげに視線をそらす。一拍置いてうなずくが、なにか様子がおかしかった。

「全然、覚えてないんです」

素直に告げると、葉子は探るような視線を送ってきた。

「わたし、いろんなこと相談したけど」

「そうだったんですか。でも、まったく記憶がなくて……」

そもそもリハビリをしていたことも知らないのだ。朦朧とした状態での会話の内容も、当然ながら覚えているはずがない。とはいえ、申しわけない気持ちになり、顔の前で両手を合わせた。

「ほんとに、すみません」

心からの謝罪の言葉だった。

担当患者に相談するくらいだ。よほど大きな悩みを抱えていたのだろう。それを忘れるとは失礼きわまりない。ところが、彼女はほっとした様子で胸を撫でおろした。

「よかった……もしかしたら、覚えてるんじゃないかと思って」

よほど恥ずかしい相談だったのだろうか。葉子は耳まで赤くしながら視線をそらした。

「相談できる人がいなかったの。ほら、わたしたち半年もいっしょにいたでしょう。だから、すごく身近な感じがして、つい相談しちゃったの」

「え、ええ……別に僕は構いませんけど」

「あっ、半年って言っても、辰樹くんはほとんど意識がなかったのよね。でも、わたしはずっと話しかけてたから」

照れ隠しなのか、葉子はいつになく早口になっている。そんな彼女がなんだか意外で、辰樹はついつい見つめてしまう。

「そんなに見ないで……」

葉子の頬がりんごのように赤く染まる。そんな顔をされると、なにを相談したのかますます聞きたくなった。

「もう一度、話してもらえませんか。それが刺激になって、僕の記憶が戻るかもしれません」

真顔でもっともらしいことを言うと、彼女は困惑の表情を浮かべた。

「それはそうだけど……」

しばらく逡巡していたが、葉子は意を決したように顔をあげる。そして、辰樹の顔をまっすぐ見つめてきた。

「あの二週間、てっきり意識が戻っていると思ったの。ちょっとぼんやりはしていたけど、ちゃんと受け答えをしてくれたから」

「なにひとつ覚えていません」

きっぱり言いきると、彼女はこっくりうなずいた。

「それなら、あの二週間に話したことを、もう一度、話してみるわね。なにが刺激になって記憶が戻るかわからないから」

「はい、お願いします」

「じつはね……夫と上手くいってないの」

葉子の口から語られたのは、思いのほか重い悩みだった。

「IT企業に勤めてるんだけど、どうも浮気をしているみたいで……」

「そ、そうなんですか」

なにか言わなければと思うが、そんな言葉しか浮かばない。辰樹は急に落ち着かなくなり、視線をさりげなくそらした。

「毎晩、帰りが遅くて……本人は残業だって言い張るんだけど、いろいろ疑わしいことがあったの」

「うっ……」

突然、心臓がバクンッと音を立てたように感じ、息苦しくなった。

しかし、葉子が真剣に話しているので、よけいな口を挟みたくない。奥歯をグッと食い縛り、額に脂汗を浮かべながらも平静を装った。

「う、疑わしいことって……」

「最初におかしいと思ったのは、こそこそメールをしていたからなの。そのあとは、急に残業が増えて……服に長い髪の毛がついていたり、下着に口紅がついていたり……」

「くっ！」

辰樹は思わず眉間に縦皺を刻んでいた。葉子の話を聞いた直後、激しい頭痛に襲われたのだ。

（し、知ってる……）

すべて聞き覚えのある話だった。辰樹は顔をしかめながらも、心がざわつくのを感じていた。

――それは浮気相手の女がわざとつけたんだよ。

自分が言った言葉も、はっきり覚えている。以前に相談されたとき、確かにそう答えた。

——どうして?

そして、彼女はそうつぶやくのだ。

「それは浮気相手の女がわざとつけたんだよ」

頭痛に耐えて、なんとか答えた。

それを聞いた瞬間、葉子が息を呑むのがわかった。そして、驚きと怯えが入りまじった瞳を向けてきた。

「どうして?」

葉子がつぶやき、微かに首をかしげた。

この表情も知っている。思っていたとおりだ。彼女はこの時点で、夫の浮気を疑ってはいたが確信はしていなかった。「浮気じゃない。勘違いだよ」と否定してほしくて、相談してきたのだ。

「その女は、自分の存在を奥さんに知らしめたいんだよ」

あのときと同じ答えを返した。

そう言えば、葉子が傷つくのはわかっている。だが、結論を先延ばしにしたところで、さらにつらい思いをするのは明白だった。

(でも、もっと別な言い方があったんじゃないか……)

今ごろになってそう思う。彼女の気持ちを考えず、ひどい言葉を投げかけてしまった。

「どうして、俺はあんなことを言ったんだ」

後悔の念がこみあげてくる。その直後、胸の奥にどんよりひろがる違和感に気がついた。

(俺……今、俺って言ったよな?)

自分が放った言葉に驚かされる。

普段、辰樹は自分のことを「僕」と言うが、寅雄は「俺」だった。もしかしたら、これは記憶転移に関係しているのだろうか。

「気にしなくていいのよ。以前にも交わした会話なんだから」

葉子がやさしく語りかけてくれる。

「それより、あのときとまったく同じ返答だったわ。辰樹くん、覚えてる?」

「た、辰樹……ううッ」

名前を呼ばれた瞬間、頭痛が激しくなった。目眩に襲われて両手をテーブルにつくと、ガタンッと大きな音がした。

「大丈夫？」

すかさず葉子が立ちあがり、テーブルをまわりこんでくる。隣に座ると、肩を支えてくれた。

「だ……大丈夫、です」

心配をかけたくなくて、なんとか言葉を絞り出す。ところが、頭痛だけではなく、動悸も激しくなっていた。

「横になったほうがいいわ。ゆっくりでいいから歩ける？」

葉子がやさしく語りかけてくれるだけで、頭痛が少し軽くなる気がする。辰樹は顔をしかめながらうなずいた。

4

居酒屋を出ると、葉子は辰樹に肩を貸して駅の北側に向かった。

踏切を渡った先にあるのはホテル街だ。いかにもといった感じのピンクやパープルのネオンが瞬いている。だが、辰樹は頭痛がひどくて、邪なことを考える余裕すらなかった。

「どこでもいいよね」

葉子にうながされるまま近くのホテルに入る。適当に部屋を選ぶと、彼女に支えられながら廊下をふらふらと歩いた。

部屋の照明はショッキングピンクだった。どぎつい色の光を浴びながら、とりあえずダブルベッドに腰かけた。まだ目眩がつづいており、まともに話すこともできない。

「横になる？」

「こ、このままのほうが……」

横たわると、よけいに目がまわりそうだ。こうして座っているほうが、まだましだった。

「じゃあ、少し楽な格好をしましょう」

葉子がブルゾンを脱がしてくれる。彼女もコートを脱いで隣に腰かけた。

「ベルトも緩めたほうがいいかしら」

病院で仕事をしているときのような口調になり、葉子がベルトに手を伸ばしてくる。ほっそりした指で緩めると、チノパンのボタンもはずしてくれた。さすがにドキドキするが、まだ目眩はつづいていた。

「気分はどう？」

「さっきよりは……」

頭痛は治まってきたが、どうもすっきりしない。自分が自分ではないような、ふわふわした感覚に襲われていた。

（なんだ、この感じ……）

不安でたまらない。自分がどこかに行ってしまったような気がする。

心臓がやけに大きな音を立てて拍動していた。寅雄が存在を主張している。俺はここにいると叫んでいた。

（ううっ……と、寅雄、やめろ）

思わず右手で左胸を強くつかんだ。今にも大胸筋を突き破って、心臓が飛び出してしまいそうだった。

「大丈夫？」

葉子が肩をそっと抱いてくる。そして、すぐ近くから、やさしげな瞳で顔をのぞきこんできた。

「顔色が悪いわ」

彼女がつぶやくと、甘い息が鼻先をかすめる。辰樹は無意識のうちに、芳しい吐息を肺いっぱいに吸いこんだ。

「なんか……おかしいんだ」

「少し休んだほうがいいわ。横になれる？」

至近距離から見つめられて、急激に欲望がふくれあがる。

病室でフェラチオしてもらった記憶がよみがえり、ボクサーブリーフのなかで男根がムクムクと頭をもたげた。

「うっ……」

思わず股間を見おろすと、チノパンの前が盛りあがっている。ボタンをはずしてあるので、テントを張ったボクサーブリーフの突端が今にも溢れ出そうになっていた。

「えっ……そ、それ」

釣られて股間に視線を向けた葉子が、はっと息を呑んだ。

——ち、違うんです。

そう言おうするが、実際に口から出たのは獣のような呻き声だった。

「うううッ！」

彼女の肩をつかむと、ベッドに押し倒した。

これまでにない欲望がこみあげて、どうしても抑えることができない。葉子は怯えた瞳で見あげてくる。突然のことに対処できず、肩をすくめて身体をこわばらせていた。

「た……辰樹くん？」

「ううっ……お、俺は……」

自分のつぶやいた言葉に驚かされる。なぜか、また「俺」と口走っていた。

そうしている間に欲望はますますふくれあがる。異常なほど興奮して、彼女のブラウスを脱がしにかかった。ボタンを引きちぎる勢いではずすと、女体から奪い取る。スカートとストッキングも一気におろしていった。

「ま、待って……どうしたの？」

葉子が震える声で尋ねてくるが、辰樹は無視して女体を見おろした。

彼女が纏っているのは、純白のブラジャーとパンティだけだ。白衣を彷彿とさせるまっ白な下着が女体を彩っていた。

肌は透けるように白くてむちっとしている。乳房はたっぷりしており、カップに寄せられて見事な谷間を作っていた。ブラジャーを取るまでもなく、茉莉奈や果穂より大きかった。

腰はなめらかな曲線を描いてくびれており、尻はしっかり左右に張り出している。面積の小さなパンティが貼りついた恥丘は見るからに肉厚だ。果穂の恥丘もかなり盛りあがっていたが、さらにこんもりふくらんでいた。

「俺は、大沢さんと……」

また口調が変わっている。これまでは「葉子さん」だったのに、なぜか「大沢さん」と呼んでいた。

「辰樹くん？　本当に辰樹くんなの？」

葉子が不安げに呼びかけてくる。目をじっと見つめられると、辰樹まで不安になった。

その一方で、かつて経験したことのない興奮に突き動かされる。辰樹は服を脱ぎ捨てて裸になった。胸に刻まれた手術の痕が露になると、葉子が慈しむような瞳で見つめてきた。

だが、興奮が収まることはない。剝き出しになったペニスはすでに屹立しており、先端から我慢汁が染み出していた。

（左だ……左に曲がってる）

自分の股間を見おろして、果穂の言葉を思い出す。

寅雄は左曲がりだが、辰樹は右曲がりだと言っていた。勃起したふたりのペニスを見たのだから間違いない。

(じゃ、じゃあ、俺は……)

また心のなかで「俺」とつぶやいた。

今、いきり勃ったペニスは左に曲がっている。これは、いったいどういうことだろう。言いようのない不安が胸にひろがっていく。辰樹はベッドの上で胡座をかき、自分の股間を見おろしたまま固まった。

「いいのよ」

ふいに葉子の声が聞こえた。そして、背中に柔らかいものがふんわり押し当てられる。

「辰樹くんがしたいようにして」

「でも……」

辰樹は振り返らずにつぶやいた。

「いいの。あの人も浮気をしてるんだから」

どこか投げやりな調子で言ったあと、いつもの穏やかな声でつけ加える。

「それに、なにが刺激で記憶が戻るかわからないでしょう」

「大沢さん……」

振り返るなり、女体を抱きしめて押し倒す。ベッドのスプリングがギシッと軋むと、再び欲望の炎が燃えあがった。

唇を重ねて、肉厚の唇に舌を這わせていく。葉子は躊躇することなく唇を開くと、辰樹の舌を迎え入れてくれた。

「はンンっ……辰樹くん」

名前を呼ばれるたび、なぜか違和感を覚える。自分は辰樹のはずだが、寅雄のような気もしてきた。

(そんなはず……俺は辰樹だ……お、俺は……)

やはり口調は寅雄のままだ。もうわけがわからない。それでも興奮は治まらず、ペニスの先端からは透明な汁が溢れていた。

葉子の舌を吸いあげて、甘い唾液をすすり飲む。彼女の味を感じることで、欲望がどんどんふくらんでいく。消えることのない不安をごまかしたくて、興奮だけに目を向けた。

密着していた体を離すと、大きなマシュマロのような乳房が目に飛びこんでくる。たっぷりした曲線の頂点では、紅色の乳首が硬くとがっていた。乳輪までドーム状に隆起しているのが、まるで誘っているようだ。

下着を脱がせて下半身に目を向けると、盛りあがった恥丘に漆黒の秘毛が茂っていた。茉莉奈のように形を整えたりせず、ナチュラルな感じで生えている。かといって、果穂のように毛量が少ないわけではない。清楚な顔立ちとは裏腹に、濃厚な陰毛が卑猥だった。

柔らかい乳房をそっと揉みあげる。いとも簡単に指が沈みこみ、大きな柔肉がフルフル揺れて形を変えた。双つの乳房を交互に揉んでから、指先を乳輪の周囲に這いまわらせていく。

「はンンっ……くすぐったいわ」

葉子が吐息を漏らしながら見あげてくる。眉がせつなげな八の字に歪み、腰をもじもじよじらせた。

彼女も興奮しているのは間違いない。指先で乳輪をなぞりながら再びディープキスをしかけていく。舌を吸いあげては唾液を口移しする。すると、葉子は当たり前のように喉を鳴らして飲みくだした。

「あふンっ、ね、ねえ……」

葉子がかすれた声で語りかけてくる。辰樹は顔を見おろしながら、指先で乳輪だけをくすぐりつづけていた。

「どうしたの？」

基本的にすぐ挿入したくなる質なのに、どういうわけか今日はじっくり責める気になっている。すでに乳首はピンピンにとがり勃っているが、まだ触れずに乳輪だけを刺激した。

「ンンっ……も、もう……」

我慢できなくなったらしい。葉子が内腿を擦り合わせて、濡れた瞳を向けてきた。

「触ってほしいんだね」

辰樹は余裕たっぷりにつぶやくと、ようやく乳首をキュッとつまんだ。とたんに女体が震えて仰け反った。

「あンンっ」

葉子の唇から甘ったるい声が溢れ出す。感じているのは明らかで、腰が淫らにくねり出す。内腿を擦り合わせるたび、クチュッ、ニチュッという湿った音まで響きはじめた。

「興奮してるの？　ねえ、もう欲しくなっちゃたの？」

言葉でも責めながら、乳首にむしゃぶりついていく。乳輪ごと口に含んで、唾液を乗せた舌を這いまわらせる。じっくり舐めては、唇をすぼめてチュウチュウと吸いあげた。

「ああっ、そ、そんなにされたら……」

「どうなっちゃうの？」

双つの乳首を交互にしゃぶり、唾液をたっぷり塗りつける。そして、舌先で軽く弾いては、女体が跳ねるように震える様子を楽しんだ。

「はああッ、も、もう……濡れちゃう」

「なに言ってるの。もう、とっくに濡れてるんでしょ」

辰樹は彼女の下半身に移動すると、両膝をつかんで割り開きにかかる。葉子は恥ずかしげに顔をそむけるが、まったく抗う様子がない。下肢の力を抜いているので、遠慮することなく大きく開いた。

「あああっ」

葉子の悲鳴にも似た喘ぎ声とともに、ついに秘めたる部分が露になる。

「こ、これは……」

情熱的な濃い紅色の陰唇が、たっぷりの愛蜜で濡れ光っていた。チーズにも似た濃厚な牝の匂いが漂ってくる。経験を積んだ人妻ならではの、熟れて蕩けた女陰だった。

(これが、大沢さんの……)

ついついほかの女性と比べてしまう。

果穂のヴァージンかと思うほどの女陰とも、茉莉奈の惚れ惚れするサーモンピンクの女陰とも違っている。まるで新鮮な鮑（あわび）のように蠢く花弁が、卑猥なことこのうえなかった。

「い、いや……恥ずかしい」

じっと見つめていると、さすがに葉子が訴えてくる。しきりに腰をよじり、白い内腿をヒクつかせた。

もしかしたら、視線を感じただけで興奮しているのかもしれない。愛蜜の量が増えており、ぴったり閉じていた陰唇がわずかに開いてきた。内側の赤々とした粘膜がのぞいて、牡の欲望が一気にふくれあがった。

(な、なんていやらしいんだ)

これまでの辰樹なら即座に挿入しているところだ。しかし、なぜか今夜は内腿のつけ根に両手をあてがうと、女陰にむしゃぶりついた。

「うむッ」

「ひあッ、ま、待って、ひああッ」

葉子が慌てたような声をあげる。しかし、辰樹は聞く耳を持たず、口を陰唇にぴったり押し当てた。

そのまま舌を伸ばして、花弁をネロネロと舐めあげる。そして、溢れつづける華蜜をすすって飲みくだす。さらには舌先を割れ目に浅く沈みこませると、上下にゆっくり動かした。

「あっ……あっ……」

葉子は下肢を大きく開いたまま、切れぎれの喘ぎ声を漏らして腰をヒクつかせる。昼間は病院で白衣を着ている清楚な看護師が、ショッキングピンクの光を浴びながら喘いでいた。

「汁がどんどん溢れてくるよ」

辰樹はわざと言葉にして聞かせながら、恥裂をじっくり舐めあげる。舌先を何度も往復させると、上端に位置するクリトリスをくすぐった。

「あンンっ、そ、そこは……」

女体がビクッと反応する。どうやら、肉芽がとくに敏感らしい。それならばと唾液と愛蜜をたっぷり塗りつけて刺激した。

「あッ……ああッ」

喘ぎ声が大きくなり、女体の震えがとまらなくなる。開いていた脚を閉じて、内腿で辰樹の頬を挟みこんだ。

「ここが感じるんだね。もっと舐めてあげるよ」

クリトリスを集中的にしゃぶりまわす。たっぷり濡らすと、今度はチュウチュウと音を立てて吸いあげた。

「あンンッ、ダ、ダメっ……あああッ、ダメぇっ」

女体の震えが激しくなる。葉子は辰樹の顔を内腿ではさみこんだまま、両手を伸ばして頭を抱えこんだ。髪をメチャクチャにかきむしり、女体がブリッジするように仰け反った。

「あああッ、い、いいっ、はあああッ、いいっ、あぁあああああッ！」

葉子があられもないよがり声を響かせる。内腿の痙攣が頬に伝わり、新たな愛蜜がどっと噴き出した。

「うむッ……うむううッ」

辰樹は女陰にむしゃぶりついたまま、葉子の果汁を貪り飲んだ。異常なほどの興奮が湧きあがり、すでにペニスは破裂しそうなほど勃起している。早くひとつになりたくて仕方なかった。

5

「ううっ……お、大沢さん」

女陰を舐めまわして、ようやく股間から顔をあげる。

淫蜜がたっぷり付着した口のまわりを手の甲で拭うと、いよいよ女体に覆いかぶさっていく。いきり勃ったペニスの先端を、絶頂の余韻でヒクつく陰唇に押し当てた。

「あっ……や、休ませて」

葉子が震える声でつぶやき、懇願するように見あげてくる。眉を歪めて、今にも泣き出しそう顔になっていた。だが、辰樹の欲望はもはや限界までふくらんでいる。そんな顔をされると、ますます興奮が加速した。

「お、俺、もう我慢できないんだ」

頭のなかが熱く燃えあがり、心臓がバクバク拍動している。

興奮にまかせて腰を押し出していく。張りつめた亀頭が陰唇を圧迫して、恥裂の狭間に沈みこむ。二枚の花弁を巻きこみながら、膣口にズブズブと埋まっていった。

「あああッ、ま、まだイッたばっかり——はあああッ!」

女体の反応は凄まじい。挿入の衝撃でまるでエビのように跳ねあがって、大きく仰け反った。

「お、お願い……あああッ」

「ううッ、き、気持ちいいっ」

抗議の声を無視して、ペニスをどんどん埋めこんでいく。亀頭が膣の深い場所まで到達すると、女体がビクビク跳ねまわり、葉子の唇から甲高い嬌声がほとばしった。

「ひいッ、あひいいッ、ま、また……あああッ、あひあああああッ!」

清楚な看護師とは思えない淫らな声で喘いで痙攣する。

挿入しただけで達したらしい。背中がなめらかなアーチを描き、シーツから浮きあがった。膣道がこれでもかと収縮して、男根を猛烈に締めつける。まるでお漏らしのように愛蜜が溢れ出し、媚肉がビクビクと波打った。

「くうッ」

辰樹は慌てて奥歯を食い縛り、絶頂の波を耐え忍ぶ。危うく流されそうになるが、ギリギリのところでやり過ごした。

根元まで挿入した状態で呼吸を整える。しかし、膣道は常に波打っており、休むことなく快感を生み出している。このままじっとしていても、すぐに我慢できなくなるのは目に見えていた。

それなら動くしかない。葉子のくびれた腰を両手でつかむと、腰をゆっくり振りはじめた。反り返ったペニスを抜き差しすれば、内側に溜まっていた華蜜が大量に溢れてシーツに染みを作った。

「ああッ、お、お願い、少しでいいから休ませて」

「お、俺……俺、もう……」

もはやまともに話す余裕すらない。

勃起した男根の表面を濡れ襞がザワザワ這いまわっているのだ。ここまで来たらやめられない。快感が快感を呼び、早くも遠くに絶頂の波が見えている。激しく動かすと、すぐに達してしまいそうだ。

（くッ……どうなってるんだ？）

なにかがいつもと違っていた。

いつもなら欲望にまかせて腰をガンガン振りまくるところだ。しかし、今日はやけに射精欲が高まっている。すでに睾丸のなかでザーメンが暴れはじめているのだ。辰樹は欲望を懸命に抑えて、腰をゆったり振りつづけた。

「ううッ……ううぅッ」

「あああッ、ダ、ダメっ、あああッ」

口では「ダメ」と言いながら、葉子も喘ぎ声をまき散らす。両手を辰樹の腰に添えて、女壺でペニスを食いしめてきた。

「くううッ、す、すごいっ」

たまらず眉間に皺を寄せながら、腰をスローペースで振りつづける。膣襞が肉棒を舐めまわして、吸引するように思いきり波打った。

「おううッ、も、もう……もうっ」

これ以上は我慢できない。辰樹は獣のような唸り声をあげると、一気にギヤをトップに入れる。そして、いきなりラストスパートの抽送に突入した。

「は、激しいっ、あああッ」

葉子の喘ぎ声も大きくなる。両脚を辰樹の腰に巻きつけると、抽送に合わせて股間をしゃくりあげてきた。

「そ、それ、すごいっ、おおおおッ、もう出そうだっ」

「あああッ、た、辰樹くんっ、わたし、またっ」

ふたりの動きが一致することで、ますます快感が大きくなる。ついに絶頂の大波が轟音を響かせながら押し寄せた。

根元まで突きこんだペニスを、女壺が猛烈に締めつける。膣襞がウネウネと蠢いて這いまわり、鮮烈な快感が股間から全身へとひろがっていく。こらえにこらえてきた射精欲が爆発して、腰が壊れたように痙攣した。

「おおおおッ、ぬおおおおおおッ！」

沸騰したザーメンが一気に噴きあがる。頭のなかがまっ白になり、脳髄が蕩けたような感覚に包まれた。

「はあああッ、い、いいっ、ああああッ、イクッ、イックうううッ！」

葉子が思いきりしがみついてくる。辰樹を抱き寄せると、背中に爪を立てながら全身をガクガク震わせた。アクメのよがり泣きを響かせて、ますますペニスを締めあげる。

「す、すごいっ……くううッ」

最後の一滴まで放出すると、辰樹は力つきて女体に覆いかぶさった。

もうなにも考えられない。目も眩むような快感が全身にひろがり、指一本動かせなくなっていた。


どれくらい時間が経ったのだろう。

葉子がやさしく背中を抱いてくれている。彼女のなかにたっぷり放出して、なかば気を失ったような状態になっていた。

まだ絶頂の余韻が全身に漂っている。それでも、体を動かすことができるようになっていた。彼女の上から降りようとする。そのとき、葉子が下から強く抱きしめてきた。

「このままでいいのよ」

耳もとで穏やかな声が聞こえる。身も心も癒されるような、どこまでもやさしい声音だった。

「でも、重いですよ」

本当はずっとこのままでいたい。葉子に背中を撫でられていると、心から安心できた。

「押し倒したりして……ごめんなさい」

辰樹は欲望のままに押し倒したことを、消え入りそうな声で謝罪した。

「わたしも……夫と上手くいっていないから……」

葉子の声もようやく聞き取れるほど小さかった。

胸がせつなく締めつけられる。体を離そうとするが、彼女は背中にまわした手に力をこめた。

「葉子さんがつぶれちゃいますよ」

自分の言葉にはっとする。

いつもどおり「葉子さん」と呼んでいた。どうして先ほどまで「大沢さん」になっていたのだろう。

自分のこと「僕」ではなく「俺」と呼んでいたのも妙だった。腰を激しく振るのが好きだったのに、なぜか今日はすぐに射精しそうで、ゆっくりの抽送に徹するしかなかった。

そして、なにより右曲がりだったペニスが、左曲がりになっていた。

果穂の証言から、寅雄のペニスが左曲がりだったことが判明している。それに加えて、寅雄の腰の振り方はソフトだとも言っていた。

（どうしちゃったんだ？）

自分で自分のことがわからない。

意識が戻ってから、常に違和感がつきまとっている。胸にそこはかとない不安がひろがり、思わず下唇を噛みしめた。

「大丈夫……わたしがついてるから心配ないわ」

葉子の声が耳に流れこみ、全身にじんわりひろがっていく。

なぜだろう。葉子はいつでも辰樹の心を見抜いているように、穏やかな声で語りかけてくれる。

意識のない半年間、葉子がずっと面倒を見てくれていたという。毎日、話しかけながら世話を焼いてくれたらしい。だから、彼女の声が潜在意識に刻みこまれているのだろうか。

わからないことだらけだが、今は彼女のやさしさに縋りたい。

辰樹は葉子の柔らかい女体をそっと抱きしめると、芳しい白い首筋に顔を埋めていった。

第四章　今日は普通に――

1

翌朝、辰樹は自室のベッドで目を覚ました。

昨夜は思いがけず葉子と身体の関係を持った。とはいっても、愛のあるセックスをしたわけではない。彼女は心配してくれていたのに、欲望にまかせて強引に押し倒したのだ。

頭痛に襲われていたのは本当だが、あのときは急激に湧きあがる興奮を抑えきれなかった。自分をコントロールできなくなり、本能のままにペニスを突き立てていた。

（葉子さん……）

脳裏に顔を思い浮かべるだけでせつなくなる。

葉子がどう思っているのか気がかりだ。強引にセックスしたのに、そのあと彼女はやさしく抱きしめてくれた。辰樹を気遣ってくれたが、内心穏やかではなかったはずだ。

半年もの間、葉子は献身的に世話をしてくれた。それなのに、ひどいことをしてしまった。ホテルの前で別れるとき、葉子が視線をすっとそらしたのが忘れられない。

（やっぱり……怒ってるよな）

思い返すと自己嫌悪に陥ってしまう。

どうして、あんなことをしてしまったのだろう。今まで性欲で自分を見失ったことなど一度もない。それなのに、昨夜は体が勝手に動いてしまった。まるで何者かに操られているようで、心と体がちぐはぐになっていた。

（やっぱり、あれが関係してるんじゃ……）

脳裏に葉子から聞いた話がよみがえった。

記憶転移——臓器移植にともなって、提供者の記憶の一部が受給者に移る現象のことだ。

辰樹は双子の弟、寅雄から心臓と肺の提供を受けている。もしかしたら、寅雄の記憶が移ったことで、辰樹になんらかの変化が生じたのかもしれない。ペニスの曲がり方まで変わる理由はわからないが、臓器移植が関係しているとしか思えなかった。

しかし、葉子に惹かれているのは事実だ。

体の関係を持ったことで、ますます気になる存在になっている。たとえ昏睡状態でも、半年間、彼女が看てくれていたのは間違いない。そのことが潜在意識に刻みこまれているのかもしれなかった。

午前中はリハビリを兼ねて、普段はあまり行かない駅前のスーパーまで足を伸ばした。

食材を買って帰る途中、事故現場の近くを通りかかった。少し迷ったが、行ってみることにした。いつまでも避けてはいられない。いつかは向き合わなければならないのだ。

頭のモヤモヤがなくなるのを願って、事故現場に足を向けた。

まずは遠目で確認しようと、直線で見渡せるように近づいていく。はるか彼方に辰樹と寅雄がトラックに撥ねられた場所が見えてくる。すると、急に胸の鼓動が速くなって足がすくんだ。

事故に遭ったときの記憶はないのに、恐怖が湧きあがってくる。トラックに撥ねられた衝撃を体が覚えているのだろうか。

(いや、違う……)

辰樹は左胸に手のひらをあてがった。

激しい拍動が伝わってくる。走ったわけでもないのに、心臓がこれ以上ないほど激しく動いていた。

(寅雄だ……寅雄の心臓が覚えてるんだ)

本能的にそう思った。

辰樹は頭を打ったことで忘れてしまったが、寅雄の心臓には事故の記憶がしっかり刻みこまれている。その記憶が移ったことで、辰樹は恐怖を感じているのではないか。

なんの根拠もないが、そう考えれば辻褄が合う。それと同時に、辰樹はひとりではないと感じた。

（いっしょにいるんだ……）

左胸をグッとつかむ。そして、深呼吸をすると、事故現場に向けて足を踏み出した。

一歩進むごとに恐怖がふくれあがる。それでも歩きつづけて、ついに忌まわしい現場に到着した。

「うっ……」

突然、寒気に襲われて思わず肩をすくめる。

駅の近くなので人通りは多いが、歩道にはガードレールがなかった。ここを酔っ払って歩いていたら、車道にはみ出すこともあるかもしれない。そこに運悪くトラックが走ってきたのだろう。

（僕と寅雄は、ここで……）

まったく覚えていない。それなのに覚えている。矛盾したふたつの思いが、胸のうちで螺旋状にからみ合っていた。

「ううっ」

ふいに激しい頭痛がして、心臓が強く拍動する。

その直後、おぼろげながら記憶がよみがえってきた。

あの日、ふたりは酒を飲んでアパートに帰るところだった。いい気分で夜道をふらふら歩いていた。

「辰樹、危ないって」

寅雄は前を歩く辰樹に声をかける。足もとがおぼつかないので、気になって仕方なかった。

「おまえは、おおげさだなぁ」

辰樹が赤ら顔で振り返る。そのとき、車道のほうに体が流れた。

「危ないっ！」

とっさに叫び、寅雄は辰樹に駆け寄った。前方からトラックが猛スピードで接近してくるのが見えたのだ。眩しいライトが急接近してくる。激しいクラクションの音が鳴り響く。

「うわあああああッ！」

どちらの叫び声かわからない。辰樹なのか、寅雄なのか。それとも、ふたりが同時に叫んだのか。次の瞬間、ふたりの体は宙を舞っていた。わけがわからなくなり、意識が闇に呑みこまれてまっ暗になった。

「くはっ……」

意識がはっと現実に引き戻される。

気づくと、歩道に立ちつくしていた。暑くもないのに全身の毛穴が開いて汗だくだった。

（な、なんだ、今のは……）

妄想でなければ事故に遭ったときの記憶だ。

しかし、それは辰樹の記憶ではない。すべて寅雄の目から見た光景だった。あのとき辰樹は振り返っていたので、トラックに撥ねられたことすらわかっていない。自分が事故に遭ったと気づいていないのだ。

（やっぱり、寅雄の記憶が……）

辰樹は左胸に手をそっと当てた。

記憶転移が起きている。間違いない。そう考えることでしか、この不思議な現象を説明できなかった。

葉子に聞いた話を最初から鵜呑みにしたわけではない。

正直なところ半信半疑だった。しかし、現実にこうして起きているのだから信じるしかなかった。

アパートの自室に戻ったのは昼すぎだった。ご飯を炊こうと思ったとき、スマホにメールが届いた。

差出人は茉莉奈だった。

『昨日は行けなくてごめんね。定期検診はどうだった？』

昼休みにメールを送ってきたらしい。昨日の定期検診の結果が気になっているのだろう。

心配してくれているのがわかるから、罪悪感がふくれあがる。昨夜、葉子と身体の関係を持ってしまった。そのことを申しわけないと思いつつ、葉子とのセックスで得られた快楽を反芻していた。

(最低だ……僕にはマリちゃんがいるのに)

心のなかで自分をたしなめる。しかし、ペニスがムズムズするのをとめられなかった。

『問題なかったよ。順調に回復してるって』

当たり障りのない返信を打ちこみ、送信ボタンを押した。

記憶転移のことを話すつもりはない。医学的根拠がないのだ。いくら説明したところで、信じてもらえると思えなかった。

『よかった。今夜、仕事が終わったら寄るね』

すぐに返信が来た。

一瞬、胸の痛みを覚える。辰樹が意識不明の間、茉莉奈は何度も見舞いに来てくれたという。それなのに葉子と肉体関係を持ってしまった。絶対にばれるわけにはいかなかった。

『待ってるよ』

送信ボタンを押すと、ベッドで横になって天井を見あげた。食欲はすっかり失せてしまった。

2

夜七時、茉莉奈が訪ねてきた。

仕事帰りに寄ったので、濃紺のスーツ姿だ。ジャケットを脱いでブラウスを腕まくりすると、晩ご飯を作ってくれた。

「お待たせ。たくさん食べてね」

茉莉奈が料理をテーブルに並べてくれる。

生姜焼きと豆腐の味噌汁、それに炊きたての白いご飯だ。昼飯を食べなかったので、よけいに食欲がそそられた。

「ありがとう。いただきます」

辰樹はさっそく生姜焼きを口に運んだ。

「うんっ、うまい」

素直に感想を述べると、彼女はにっこり笑ってくれた。

テーブルを挟んで、向かい合って座っている。以前にもよく晩ご飯を作ってもらったが、事故に遭ったことで今はさらに喜びを感じていた。こうしてふたりで過ごす時間が愛おしかった。

(それなのに、僕は……)

浮気をした事実を消すことはできない。どんなに反省したところで、なかったことにはならないのだ。

取り返しのつかないことをしてしまった。

茉莉奈に申しわけないと思いながらも、心の片隅では葉子に惹かれている。彼女に看病してもらった半年のことが、やはり潜在意識に刻まれているとしか思えない。気持ちはどうしようもなく葉子に向いていた。

果穂にも悪いことをしたと思う。

寅雄という恋人を失って、心に深い傷を負っている。彼女が辰樹に寅雄の姿を重ねてしまうのは仕方のないことだ。それなのに、辰樹が葉子とも関係を持ったと知れば、果穂はさらなるショックを受けるに違いなかった。

(マリちゃん、果穂ちゃん……ごめん)

心のなかで謝罪しながら、意識して笑顔でご飯を食べつづけた。

すべてを告白して許しを乞うなど、浮気した者の自己満足にすぎない。本気で悪いと思っているのなら、墓場まで持っていくべきだ。ふたりの恋人のために、浮気を隠しとおすしかなかった。

食事を終えると、辰樹が洗いものをした。

そして今、ふたりはベッドで並んで腰かけている。茉莉奈は甘えるようにぴったり身体を寄せていた。

(もしかして……)

退院してから、これほどくっついてくることはなかった。

きっと辰樹の体を気遣っていたのだろう。だが、今夜はなにかありそうな予感がした。

「順調に回復してるって聞いて安心したわ」

茉莉奈が微笑を向けてくる。ストレートの黒髪が静かに揺れて、甘いシャンプーの香りが鼻先をかすめた。

「まだ完璧じゃないけど、記憶もだいぶ戻ってきたよ」

あくまでも明るい口調を心がける。快方に向かっている喜びを表現したつもりだが、上手くいっただろうか。

実際はいいことばかりではない。事故の記憶はいまだに戻らない。今日、思い出したのは、心臓に刻まれた寅雄の記憶だ。この調子で寅雄の記憶が次々と目覚めていくのかもしれない。

(そうなったら、僕は……)

いったい、どうなってしまうのだろう。

そのうち、本当の自分の記憶と、寅雄の記憶が入りまじってしまうのではないか。いや、もしかしたら、寅雄の記憶のほうが強くなって、辰樹を凌駕してしまうかもしれない。

あり得ない話ではなかった。

現に何度か寅雄のような口調になったり、寅雄のような行動を取ったりしている。勃起したペニスが右曲がりではなく左曲がりになったのも、寅雄の記憶に体を支配されていたからだろう。

完全に寅雄になってしまうわけではない。だが、性の嗜好まで寅雄とそっくりになるのだ。

今のところ辰樹の意識が消えることはないが、これから先はわからない。これをくり返しているうちに、どんどん寅雄化しているのかもしれなかった。

(本当にそうなら、もうマリちゃんとは……)

交際をつづけるわけにはいかない。

見た目は辰樹でも、中身が寅雄になったら茉莉奈は困惑するだろう。いつそんな日が訪れるのかわからないのだ。

(それに、葉子さんのことも……)

やはり、葉子のことが気になって仕方なかった。

どうすればいいのかわからない。ひとりで悶々と考えていても答えは見つからなかった。

「ねえ、タツくん」

茉莉奈がすっと腕を組んでくる。ブラウスの乳房のふくらみが、左の肘に触れていた。

「この間……いつもと違ったよね」

ささやくような声になっている。チラリと隣を見やると、彼女の目もとは桜色に染まっていた。

「この間って？」

「病院で……すごくやさしくしてくれたでしょう」

入院中に個室でセックスしたときのことを言っているのだ。

あのときの辰樹はおかしかった。今にして思えば、あのときも寅雄の記憶に突き動かされていた気がする。

本来の自分なら、激しいピストンで責め立てていたはずだ。それなのに、あの日は丁寧な前戯のあとで挿入して、腰をゆったり振って昇りつめた。後に果穂から聞いて知ったのだが、まさに寅雄のセックスだった。

もちろん、茉莉奈は寅雄がどんなセックスをするのか知らない。だから、辰樹がやさしく抱いてくれたと思いこんでいた。

「また、あんなふうに抱いてほしいの……」

茉莉奈がもじもじしながら語りかけてくる。

「ああいうのが好きなの？」

「だって、愛されてる感じがするから」

彼女はなにも知らないのだから仕方がない。だが、自分より寅雄のセックスのほうがよかったと言われた気がした。

（くっ……）

辰樹は思わず奥歯を強く噛んだ。

腹の底からどす黒い感情がこみあげてくる。慌てて抑えようとするが抑えきれない。暗くて重い感情が、瞬く間に全身へとひろがっていく。それは嫉妬だ。もうこの世にいない双子の弟に嫉妬していた。

「あンンっ」

いきなり唇を奪うと、ブラウスの胸のふくらみに手を重ねる。無理やり舌をねじこみながら、乳房を揉みしだいた。

「ンンっ……や、やさしくして」

茉莉奈が唇を振りほどき、困惑した様子で見つめてくる。だが、辰樹は乳房から手を離さず、指をますます食いこませた。

「はンっ」

「いつもの僕のやり方は嫌いだったの？」

「そういうわけじゃないけど……」

声が尻すぼみに小さくなる。茉莉奈は視線をそらすと、そのままうつむいてしまった。

辰樹は嫉妬にまかせてボタンをはずすと女体からブラウスを奪い取る。レースがあしらわれた水色のブラジャーが露になり、カップで寄せられた乳房の谷間を凝視した。

「ね、ねえ……先にシャワーを……」

「なに言ってんだよ。誘ってきたのはマリちゃんのほうだろ」

「そんな……今日のタツくん、なんかヘンだよ」

茉莉奈は怯えたような瞳を向けてくる。

確かに、今日の辰樹はおかしいかもしれない。寅雄に嫉妬して、その怒りを恋人にぶつけているのだ。

すべては記憶転移に原因がある。しかし、どんなに力説したところで、茉莉奈は理解できないだろう。張本人の辰樹ですら半信半疑だったのだ。わかり合えないと思うと、ますます苛立ちがこみあげた。

「ぼ、僕は……アイツなんかより……」

思わずつぶやきながら、ブラジャーのホックをはずしてむしり取る。とたんに双つの大きなふくらみがまろび出た。

「あっ……」

茉莉奈が反射的に自分の身体を抱きしめる。腕で乳房をガードすると、怯えたような瞳で見つめてきた。

「お願いだから、やさしくして」

「なんでだよ。前のやり方がそんなに気に入らなかったのかよ」

思わず声を荒らげながらタイトスカートを引きさげる。苛立ちにまかせてストッキングに指をかけると、爪が引っかかって伝線した。

ビリッ――。

化学繊維の裂ける音に、茉莉奈の「ひッ」という小さな悲鳴が重なった。

彼女が肩をすくませると、なおさら牡の興奮がかき立てられる。思わずストッキングに爪を立てて、わざとビリビリに引き裂いた。

「ああっ、や、やめて、お願いだから……」

「僕の好きなようにやるんだっ」

ストッキングを取り去り、彼女が身に着けているのはパンティだけになる。それも強引に奪うと、ついに一糸纏わぬ姿になった。

「そ、そんな……」

茉莉奈が慌てた様子で内腿をぴったり閉じる。片手で恥丘を覆い隠す直前、楕円形に整えられた陰毛がはっきり見えた。

「タ、タツくん……どうしちゃったの？」

声が震えている。茉莉奈が怯えと不安の入りまじった瞳を向けてきた。

「いつもどおりだよ。僕、なにも変わってないよ」

彼女の言葉を打ち消すようにくり返す。

実際のところ、どうしてこれほど荒れているのか、辰樹自身もよくわかっていない。寅雄の記憶が移ったことで、性格にも変化が生じたのだろうか。

「俺にやさしく抱かれたいの？」

ふいに「俺」とつぶやいた。また寅雄の記憶が体を支配しようとしているのかもしれない。

（ダ、ダメだっ、出てくるな！）

辰樹は慌てて意識を強く持った。

自分で自分のことがわからなくなってくる。とにかく、寅雄に嫉妬しているのは間違いない。恋人を寝取られたような気がして、腹の底から煮えたぎるような感情が湧きあがってくる。寅雄のスローセックスではなく、自分の激しいセックスで茉莉奈を感じさせたかった。

辰樹も服を脱ぎ捨てて裸になる。胸の縫い跡を茉莉奈が見つめてくるが、そんなことは気にならない。それより、屹立したペニスは右に曲がっていた。自分自身であることを確信して、茉莉奈をベッドに押し倒した。

「あっ……」

彼女の唇からとまどいの声が漏れる。濡れた瞳で見あげてくるが、本気で抵抗することはない。だから、辰樹は遠慮することなく、両手を大きな乳房にあてがった。

指を食いこませて揉みまくると、先端の乳首を指先でキュッとつまむ。とたんに女体が硬直して仰け反った。

「ああっ！」

茉莉奈は困ったような表情を浮かべながらも喘いでいる。身体の両脇に置いた両手で、シーツを強くつかんでいた。

「もう感じてるの？」

双つの乳首を同時につまんで、こよりを作るように転がしていく。すると、人差し指と親指の間で、乳首がむくむくとふくらんで硬くなった。

「そ、そんなこと……」

「でも、ほら、こんなに硬くなってるよ」

軽く力をこめて、勃起した乳首をつまんでみる。その直後、女体がビクンッと反応した。

「はンンッ……っ、強くしないで」

震える声で訴えてくる。瞳には涙が滲んでおり、今にもこぼれ落ちそうになっていた。

「お……お願いだから」

「なんでだよ。いつも、こうやってたろ？」

辰樹はなおも乳首を転がしつづける。少しだけ刺激を強めているが、以前とそれほど変わらないはずだ。女体もビクビク反応している。彼女が感じているのは間違いなかった。

それなのに、茉莉奈は首を左右に振っている。「いやいや」とつぶやき、ついには大粒の涙で頬を濡らした。

「どうして……この間はやさしく抱いてくれたのに……」

彼女の言葉が胸に突き刺さった。

そんなに寅雄のセックスがよかったのだろうか。辰樹なりに愛してきたつもりだが、伝わっていなかったらしい。虚しさと淋しさ、それに深い悲しみがこみあげてきた。

「僕は……マリちゃんのこと……そんなに不満だったの？」

「ううん、そうじゃないの。不満なんて、これっぽっちもなかった……この間、病室で抱かれるまでは」

茉莉奈は悪くない。彼女はなにも知らないのだ。せめて記憶転移の可能性を説明できれば、事態は変わるかもしれない。だが、辰樹もとまどってばかりで、よくわかっていなかった。

だからこそ、彼女の言葉は辰樹の胸を深くえぐった。

「くっ……」

奥歯が砕けそうなほど強く嚙む。いたたまれない気持ちになり、辰樹は女体に覆いかぶさった。

彼女の膝の間に腰を割りこませると、サーモンピンクの割れ目に張りつめた亀頭を押しつける。乳首をいじられたことで、そこはすでに大量の華蜜で濡れそぼっていた。

「ああっ……タ、タツくん」

茉莉奈はいっさい抗わない。ただ、悲しげな瞳で見あげてきた。

体重をかけていくと、亀頭が女陰の狭間に沈みこんでいく。柔らかい二枚の花弁を押し開き、いとも簡単に挿入できた。

「はああンっ」

「おおっ……」

茉莉奈の喘ぎ声と辰樹の呻き声が交錯する。

熱い粘膜が亀頭を包みこむ。なじみのあるしっとりした感触だ。しかし、茉莉奈が求めていたペニスはこれではない。時間をかけた丁寧な前戯のあとで、左曲がりの寅雄のペニスを挿入されたいと思っていたのだ。

そのまま根元まで埋めこんでいく。男根が前進するたび、膣内にたまっていた華蜜が溢れ出した。

「あああッ、お、奥……」

ふたりの股間がぴったり密着している。陰毛と陰毛が擦れ合って、シャリシャリという乾いた音が聞こえた。

「と……届いてる」

茉莉奈の眉が情けなく歪んでいる。声も弱々しくかすれており、男に征服される女の悲哀が滲んでいた。

「マリちゃんは奥が好きだったよね。もっと奥まで欲しいだろ」

さっそく腰を振りはじめる。以前は奥を突きまくると、思いきり感じて喘いでくれた。辰樹はくびれた腰をつかむと、かつての茉莉奈を回想しながらペニスを力強くたたきこんだ。

「ああッ、そ、そんな……はああッ」

ひと突きごとに喘ぎ声が大きくなる。

やはり亀頭を膣奥にぶち当てることで、彼女は性感を溶かしていく。女壺も確実に反応して、ウネウネと蠢いている。膣襞が太幹の表面を這いまわり、これでもかと締めつけてきた。

「あああッ……っ、強すぎる」

「強いのがいいんだろ。ほら、こんなに感じてるじゃないか」

辰樹はむきになって、さらに激しくペニスをたたきこんだ。

茉莉奈が感じているのは間違いない。しかし、寅雄のスローセックスのほうが反応はよかった。ゆったりしたピストンだったのに、全身を燃えあがらせるように感じていた。

（クソッ……どうして……どうしてなんだ）

心のなかで吐き捨てる。

転移した寅雄の記憶に体を支配されていたとはいえ、あのときのことはすべて覚えている。辰樹自身が体験したことなので、彼女の反応もペニスでしっかり覚えているのだ。

「ああッ……ああッ……」

抽送に合わせて、茉莉奈の喘ぎ声が響き渡る。だが、病室で抱いたときは、肉体だけではなく心から悦んでいた。

（もう、僕に抱かれても……）

心まで感じさせることはできないのか。

今でも茉莉奈はあのときの辰樹を想っている。つまり、茉莉奈本人は自覚していないが、少なくともセックスの面においては、辰樹ではなく寅雄を好きになってしまったのだ。

(クソッ!)

もう一度、心のなかで吐き捨てた。

ペニスを引き抜き、女体をうつぶせに転がしていく。腰をつかんで強引に持ちあげると、四つん這いの姿勢を強要した。

「今日は普通に……お願いだから……」

茉莉奈が振り向いて懇願する。涙に濡れた瞳で見つめられて、屹立したペニスがさらにそそり勃った。

「マリちゃん……ぬおおおッ!」

熟れたヒップを抱えこみ、バックから男根を突きこんだ。双臀を押しつぶす勢いで、一気に根元まで挿入した。

「ああぁッ!」

茉莉奈の頭が跳ねあがり、ストレートの黒髪が宙を舞う。尻たぶがブルルッと痙攣して、なめらかな背中が反り返った。

「ううッ、こんなに締めつけて……」

快楽の呻き声を漏らしながら、さっそく肉柱の抽送を開始する。

臀裂を割り開けば、太幹が出入りする様子がまる見えだ。濡れそぼった二枚の花弁の狭間で、ペニスがヌプヌプと蠢いている。みだりがましい光景を見おろして、ますます気分が盛りあがった。

「あンっ、いや、見ないで」

結合部分を覗かれていると知り、茉莉奈が恥ずかしげに訴える。だが、辰樹は聞く耳を持つことなく、腰の動きを加速させた。

「おおッ……おおおッ」

反り返った肉柱を抜き差しして、女壺のなかをかきまわす。亀頭を深く埋めこみ、膣道の最深部をズンッと突いた。

「ひンンッ、そ、そこは——あひンンッ」

茉莉奈が敏感に反応する。やさしく抱かれることを願っても、ペニスを突きこまれれば愛蜜が溢れ出す。心情とは関係なく、茉莉奈の女体は確実に蕩けはじめていた。

彼女の反応に気をよくして、さらに抽送速度をあげていく。腰を連続してたたきつけると、ペニスを深い場所まで送りこんだ。

「ああッ、激しいっ、あああッ」

喘ぎ声が大きくなる。茉莉奈はいつしか腰をくねらせて、肉づきのいい尻を左右に振りはじめた。

口では抗っていても、女体は力強い抽送を受け入れている。その証拠に女壺が猛烈に締まり、太幹をギリギリと食いしめてきた。膣壁も波打ち、ペニス全体を咀嚼するように刺激する。

「おおッ、す、すごい、くおおおッ」

凄まじい快感の嵐が湧き起こるが、辰樹は決してピストンを緩めない。寅雄とは異なる今までどおりの激しいセックスで茉莉奈を感じさせたかった。

ベッドが軋んでギシギシと音を立てる。彼女の喘ぎ声と重なることで、ますます淫らな空気が濃くなった。辰樹は本能のままに腰を振り、濡れそぼった蜜壺をえぐりまわした。

「ひあああッ、も、もうっ……あああッ」

茉莉奈がよがり声を振りまき、両手でシーツをかきむしる。絶頂が近づいているのは明らかで、ペニスを突きこむたびに乱れ方が激しくなった。

「やっぱり、これがいいんだね。くおおおッ」

四つん這いになった女体を責めまくる。腰をガンガンぶつけて、亀頭で子宮口を乱打した。

「ああッ……ああッ……そ、そんなにされたら……」

「そんなにされたら、どうなるの?」

辰樹も射精欲がふくらむのを感じながら問いかける。もちろん、その間も腰を振りつづけて、鋭く張り出したカリで濡れ襞を擦りまくった。

「ひいッ、ひああッ、もうダメっ、イッちゃいそうっ」

「マリちゃんっ、くおおおッ」

茉莉奈の双臀が震え出す。ペニスを思いきり締めつけて、いよいよ絶頂への急坂をあがりはじめた。

「あああッ、い、いいっ、あああッ、もうイッちゃうっ」

「おおッ、ぼ、僕も……おおおおッ」

いっしょに昇りつめようと、辰樹も腰の動きを加速させる。猛烈な勢いでペニスを抜き差しして、奥の奥を突きまくった。

「はああッ、そこダメっ、あああああッ、イクッ、イクイクううううッ!」

ついに茉莉奈がアクメの声を響かせる。這いつくばり、尻を高く掲げた格好で、女体をガクガクと痙攣させた。

「くううッ、で、出るっ、出る出るっ、くおおおおおおッ！」

辰樹は腰をぴったり押しつけて、ペニスを根元まで埋没させる。うねる媚肉の感触がたまらない。蠢く無数の膣襞に包まれながら、膣の奥に向かってザーメンを噴きあげた。

ふたり同時の絶頂だ。

鮮烈な快感が突き抜けて、背後から女体に覆いかぶさった。茉莉奈が突っ伏したことで、ふたりは結合したまま折り重なる。互いの体温が伝わり、絶頂の余韻がより深くなった。

しかし、なにかしっくりこなかった。心がすれ違っている気がして、一抹の淋しさを感じていた。


「じゃあ……」

茉莉奈は身なりを整えると、そそくさと帰っていった。

以前と同じ激しいセックスで昇りつめた。あんな事故に遭わなければ、いつもと変わらぬ恋人同士の交わりだった。

だが、茉莉奈は寅雄のやさしいセックスを知ってしまった。セックスで彼女が求めているのは、辰樹ではなく寅雄だ。それがわかるから、辰樹の胸には虚しさがひろがっていく。茉莉奈も複雑な気持ちを抱いているはずだ。以前の辰樹では、もう満足できなくなってしまったのだから。

（マリちゃん……）

もう、このままというわけにはいかない。辰樹は自分の気持ちも、茉莉奈から離れていることを自覚した。ふたりの間に決定的な溝ができてしまった。よくよく考えてみると、最初から合っていなかったのかもしれない。辰樹はコンビニのアルバイトで、茉莉奈は大手食品メーカーに勤務するバリバリのキャリアウーマンだ。記憶転移がなかったとしても、遅かれ早かれ同じ結果になっていたのではないか。淋しいけれど、そんな気がしてならなかった。

こうしている今も、頭の片隅には常に葉子がいる。茉莉奈との関係が崩れていくほどに、ますます葉子の存在がクローズアップされていく。惹かれる気持ちは抑えられなかった。

3

最後に会ってから三日経っても、茉莉奈から連絡はない。辰樹も何度かメールを送ろうとしたが、そのたびに躊躇していた。

終わりを予感している。

でも、取り繕うようなメールは送りたくない。だからといって、何事もなかったように連絡するのも違うだろう。

悩んでいるうちに三日が過ぎて、ますます連絡を取りづらくなった。茉莉奈も同じ気持ちかもしれない。一年以上つき合っていたのだから、彼女の考えていることはなんとなくわかった。

ふたりの境遇はあまりにも違いすぎる。思い返すと話が合わないことも多かった。だが、これまで互いに気づかないフリをしていた。ところが辰樹が事故に遭ったことがきっかけで、ふたりともごまかせなくなってしまった。

この日も朝から茉莉奈のことを考えていた。

顔を洗っているときも、トイレで用を足しているときも、朝食を摂っているときも、茉莉奈のことが頭の片隅にあった。

洗いものをしているとき、スマホがメールの着信音を響かせた。

茉莉奈かもしれないと思って急いで確認する。ところが、画面には『果穂ちゃん』と表示されていた。

「なんだ……」

つい落胆を声に出してしまう。

果穂からは毎日メールが届いていた。たわいない内容ばかりなので、いつもはさっと目を通して簡単な返事を打っている。だが、今は雑談につき合う気分ではなかった。

それでも、一応メールを確認してみると、いつになくまじめな文章が綴られていた。

『トラちゃんのことで大切な話があるんだけど、時間取れないかな？』

あらたまった文面が果穂らしくなかった。

何度もメールを読み返す。寅雄の件で冗談を言うとは思えない。大切な話とはいったいなんだろう。意味深な書き方が気になった。

『今日は一日、家にいる。いつでもいいよ』

急いだほうがいい気がする。すぐに打ちこんで送信した。そして、スマホをテーブルに置いた直後、メールの着信音が鳴った。

『今から行く』

果穂からの返信だ。やはり余裕のない文面だった。まだ午前中だが、大学生なので時間を作れるのだろう。

それにしても、思いがけずセックスをしてから、かれこれ十日以上は会っていない。メールのやり取りはしていたが、お互い気まずくて意識的に距離を取っていた。それなのにわざわざ会いに来るのだから、よほど大切な話があるに違いなかった。

三十分もしないうちにインターホンのチャイムが鳴った。

「来たよ」

玄関ドアを開けると、果穂がはにかんだ笑みを浮かべて立っていた。

あの日のことを思い出したのか、頬がほんのりピンクに染まっている。目を合わせることができず、ポニーテールを揺らしながら、視線を泳がせているのも愛らしかった。

この日の果穂は、黒いヒラヒラしたミニスカートに、身体にフィットする黒いハイネックのセーター、その上に白いショート丈のダウンジャケットを羽織っていた。

「久しぶり。どうぞ」

自然に振る舞ったつもりだが、上手くできただろうか。辰樹もなんとなく気まずくて、すぐに背中を向けた。

「ゆっくりしてて。ウーロン茶でいいよね」

声をかけると、彼女はこっくりうなずいて辰樹の部屋に入っていく。そして、ダウンジャケットを脱ぐと迷うことなくベッドに腰かけた。

(大切な話って、なにかな?)

ふと疑問を覚える。

それはここに来るための口実で、本当はなにもないのではないか。セックスしたあと、彼女がやけに感激した様子だったのを思い出した。

——なんだか求められてる気がして、うれしかった。

果穂の言葉が印象に残っている。

辰樹の激しい抱き方が新鮮だったらしく、うっとりした顔でそんなことを言っていた。

（もしかして、また……いや、まさかな）

脳裏に浮かんだ妄想を慌てて打ち消した。

果穂は亡き弟の恋人で、辰樹の恋人、茉莉奈とも顔見知りだ。確かに一度はセックスをしたが、まさか本気にはならないだろう。あの日は、ふたりとも心の隙間を埋めたいだけだった。

冷蔵庫からウーロン茶のペットボトルを取り出した。ふたつのコップに注ぐと、それを持って部屋に戻った。

「ありがと」

コップをテーブルに置くと、果穂が恥ずかしげに微笑んだ。

辰樹はどこに座ろうか迷ったが、結局、ベッドに腰をおろした。わざわざ床に座るのも、意識しすぎで不自然な気がする。その代わり、ほんの少しだけ果穂と距離を開けた。

「体の調子はどう？」

果穂がウーロン茶をひと口飲んでから尋ねてくる。いつもどおりの口調だが、目を合わせようとはしなかった。

「うん。順調だよ」

辰樹もウーロン茶を飲んでからつぶやいた。

緊張で喉がカラカラに渇いている。果穂はどういうつもりで訪ねてきたのだろう。なにを考えているのか、まったくわからなかった。

「そう……よかった」

果穂はコップを置くと、それきり黙りこんだ。

こちらから話しかけるべきだろうか。チラリと見やると、ミニスカートの裾から白い太腿がのぞいていた。ストッキングを穿いていないので、なめらかな肌が眩しかった。

(み、見ちゃダメだ)

心のなかで自分自身に言い聞かせる。太腿から視線を引き剝がすと、今度は乳房のふくらみが目に入った。

(うおっ!)

黒いセーターの胸もとが大きく盛りあがっていた。

布地の下には、新鮮なメロンのような乳房があることを知っていた。乳首は愛らしいミルキーピンクで、触れると敏感に反応する。張りがあるのに柔らかい感触まで、鮮明によみがえってきた。

「くっ……」

理性の力を総動員して顔をそむける。しかし、頭のなかは燃えあがったように熱くなっていた。

「あのね……メールに書いてたことなんだけど」

果穂がぽつりぽつりと語りはじめる。なにをためらっているのか、ひどく言いにくそうだった。

「トラちゃんと、遊園地に行ったとき……」

そのときのことなら知っている。

心臓に刻まれた寅雄の記憶が教えてくれた。

今年の三月のことだ。あれは事故に遭う少し前のことだった。あの日は果穂の誕生日で、寅雄は観覧車のなかでプレゼントを渡したのだ。

(あのとき、なにを……)

どうしても思い出せない。

なにをプレゼントしたのだろう。寅雄の記憶がすべてよみがえったわけではない。ずいぶん悩んで、なにかを用意した気はする。小さな包みを渡すときはひどく緊張した。

なにかきっかけさえあれば、自分だけではなく寅雄の記憶まで、一気に思い出せそうだ。だが、そのきっかけがわからなかった。

「タッちゃん……怖い顔になってるよ」

果穂の声ではっと我に返る。

考えごとをしていたため、無意識のうちにしかめっ面になっていたらしい。慌てて顔の筋肉から力を抜き、無理をして笑みを浮かべた。

「怒ってるの？」

悲しげな声になっている。果穂は瞳に涙をいっぱい湛えて、辰樹の顔を見つめてきた。

「そんなことないよ」

「じゃあ、なんでそんな顔してるの？」

「思い出そうと……してたんだ」

そのとき、心臓がバクンッと大きな音を立てる。急に胸が苦しくなり、激しい目眩に襲われた。

「なにを？」

果穂がすっと寄ってくる。尻を浮かせて隣に座り直すと、至近距離から辰樹の顔をのぞきこんできた。

「なにを思い出そうとしたの？」

「と、寅雄の……ことを……」

なんとかごまかそうとする。だが、頭痛は大きくなる一方だ。奥歯を強く嚙んで耐えていると、ふいに痛みが消えてなくなった。

「これ……」

辰樹は果穂の左手をつかんで持ちあげた。

白くてほっそりした薬指に、ダイヤモンドの指輪が輝いている。そうだ、この指輪が誕生日のプレゼントだ。それほど大きな石ではないが、かなり無理をして買ったことを思い出した。

「この指輪、俺がプレゼントしたやつだよね」

辰樹はごく自然に「俺」と口走った。

どうやら、寅雄の記憶がよみがえったらしい。本来、辰樹が知らなかったことなのに、まるで自分の記憶のように、デパートで購入したときの状況が思い浮かんだ。記憶だけではなく、人格まで寅雄になった気がしてくる。

「タッちゃん、急にどうしたの？」

「なに言ってんだよ。俺だよ」

口が勝手に動いていた。辰樹の意志が消えたわけではない。だが、なぜか寅雄のような態度を取ってしまう。

「なんか、トラちゃんと話してるみたい」

果穂がとまどいの声を漏らす。瞳はますます潤んで、やがて涙がポロリとこぼれ落ちた。

「泣くことないだろ」

「だって、タッちゃんがトラちゃんの真似をするから……顔がそっくりなんだもん……そんなのずるいよ」

どうやら、辰樹が寅雄の真似をしていると勘違いしているようだ。

それならそれで構わない。とにかく、寅雄を失って淋しがっている果穂を、なんとか慰めてやりたかった。

肩に手をまわして抱き寄せる。果穂は驚いた顔をするが抵抗しない。顔を少し上向かせると、睫毛をそっと伏せていく。口づけを待つ仕草だ。辰樹は躊躇することなく唇を重ねていった。

4

「ンっ……」

果穂が微かに鼻を鳴らす。新たな涙が目尻から溢れて、頬を静かに流れ落ちていった。

辰樹は女体をやさしく抱きしめた。

自分にできることは、これくらいしかない。もう寅雄はいない。記憶は引き継いでいるが、寅雄になりきることはできなかった。

「あンっ」

セーターの上から乳房のふくらみをそっと撫でまわす。それだけで、果穂の唇から甘い声が溢れ出した。

寅雄に触れられたときのことを思い出しているのかもしれない。上目遣いに見つめてくる瞳から、次々と涙が溢れつづけていた。

セーターをまくりあげて、頭からそっと抜き取った。レモンイエローのブラジャーに包まれた乳房が見えてくる。張りのある柔肉が深い谷間を作っていた。

くびれた腰がS字の曲線を描いているのも魅惑的だ。

「タッちゃんも……」

果穂が手を伸ばして、辰樹のスウェットとTシャツを脱がしてくれる。上半身裸になると、胸の手術痕に顔を寄せてきた。

「果穂？」

思わず寅雄がそうしていたように呼び捨てにする。意識したわけではなく、勝手にそう呼んでいた。

「本当にトラちゃんみたい……ンっ」

果穂はうれしそうにつぶやき、縫い跡に唇を押し当てる。柔らかい感触が心地いい。傷痕を唇でやさしくなぞると、乳首にチュッと口づけする。そのまま唇をかぶせて密着させると、舌をねっとり這わせてきた。

「うっ……」

くすぐったいような甘い感覚がひろがり、思わず小さな声が溢れ出す。

その反応に気をよくしたのか果穂の愛撫が加速した。乳首に唾液をたっぷり塗りつけるとチュウチュウ吸いあげてくる。そして、硬くなったところを、今度は前歯で甘噛みした。

「くうッ……」

痛痒いような刺激が突き抜けて、体がビクッと反応する。乳首がジーンと痺れたところを、今度は舌先で甘くやさしく転がされた。

「こうすると気持ちいいでしょ……はンンっ」

双つの乳首を交互にしゃぶられて、興奮の波が押し寄せてくる。早くもペニスが硬くなり、スウェットパンツの股間が大きくふくらんだ。

「ふふっ、もうこんなになってる」

果穂が辰樹の下半身に手を伸ばして、スウェットパンツのウエストに指をかけてきた。

（あっ、もしかして……）

ふと不安が脳裏をよぎった。

今は寅雄の人格が強くなっている。おそらく、勃起したペニスは左曲がりになっているだろう。果穂に見せると混乱させてしまう気がした。

「今度は俺の番だ」

辰樹は攻守交代を宣言すると、彼女の背中に手をまわしていく。ホックをプツリとはずして、ブラジャーを奪い取る。とたんに瑞々しい乳房が露になった。ミルキーピンクの乳首は淫らな期待で硬くなっている。今にして思えば、最初から抱かれるつもりで来たのだろう。

(こんなことしても、寅雄は……)

弟の恋人と深入りするべきではない。頭の片隅でそう思う一方、果穂を激しく求める気持ちもふくらんでいた。

「か、果穂っ」

乳房にむしゃぶりつくと、乳首を口に含んで舐めまわす。舌を伸ばして唾液を塗りたくり、音を立てて吸いあげた。

「ああンっ」

果穂の唇から甘い声が溢れ出す。それを聞いていると、ますます興奮がふくれあがった。

すでにペニスは鉄棒のように硬くなっている。先端から大量の我慢汁が溢れており、ボクサーブリーフの内側がヌルヌルだ。スウェットパンツとボクサーブリーフを脱ぎ捨てると、やはりペニスは左に曲がっていた。

果穂に見られないように、女体をベッドに押し倒す。そして、ミニスカートを奪うと、レモンイエローのパンティに指をかけた。

じりじり引きおろせば、恥丘のぷっくりしたふくらみが見えてくる。極細の陰毛がわずかにそよいでおり、白い地肌が透けていた。肉丘の中央に走る割れ目もはっきりわかった。

パンティが股間から離れていく。そのとき、パンティの船底とミルキーピンクの陰唇の間で、透明な汁がツツーッと糸を引いた。

「濡れてる……果穂も興奮してるんだね」

辰樹が告げると、果穂の顔が見るみるまっ赤に染まった。それでも視線をそらすことなく、熱い眼差しを送ってきた。

「激しくして……トラちゃんのこと忘れるくらい」

そう言われてはっとする。

果穂は寅雄を失った悲しみから逃れられずにいるのだろう。彼女の苦悩が伝わってくるから、なおさら心苦しくなってしまう。

(もう寅雄は戻ってこないんだ)

辰樹は心のなかでつぶやくと、女体を抱きしめてベッドに横たえた。

添い寝をした状態で、乳房をゆったり揉みあげる。決して焦ることなく、柔肉をほぐすように指をそっと沈みこませた。

「はンンっ」

果穂の唇が半開きになり、せつなげな声が溢れ出す。

なにかを訴えるように見つめてくるが、辰樹はペースを変えることなく、乳房をじっくり揉みほぐしていく。双つのふくらみを交互に揉んでは、乳輪の周囲を指先でなぞる。だが、決して肝心なところには触れなかった。

「ンンっ……ね、ねえ……」

女体が焦れたようにくねり出す。果穂は内腿をしきりに擦り合わせると、かすれた声で語りかけてきた。

「この間みたいに……」

彼女は辰樹の激しくて長いピストンを望んでいる。

しかし、今の辰樹は寅雄の記憶に突き動かされている。屹立したペニスは左に曲がっているのだ。怒濤のピストンをくり出せば、早漏の寅雄はあっという間に達してしまう。だから、寅雄がそうしていたように、挿入ではなく愛撫に時間をかける。

「ゆっくり楽しもうよ」

乳首をそっとつまみあげる。とたんに女体が小さく跳ねて、双つの乳房がタプンッと弾んだ。

「あンっ……そんなにやさしくしないで……」

果穂がつぶやくが、そのままやさしく乳首を転がしつづける。指先でクニクニ刺激すれば、女体が小刻みに震え出した。

「ああンっ、そ、それダメぇ」

乳首がますます充血してとがり勃つ。乳輪まで硬く隆起して、ピンク色が濃くなった。

「もうピンピンになってるよ」

「そんな、もっと強く……」

果穂が強い刺激をねだるほど、辰樹の愛撫はソフトになる。まるで、寅雄の存在を彼女に知らしめるように――。

「いやンっ、トラちゃんにされてるみたい」

触れるか触れないかのフェザータッチで乳輪をなぞると、果穂は眉を歪めた情けない表情になって身をよじった。

辰樹の激しいピストンを欲していたのに、じっくり愛撫されると寅雄を思い出すのだろう。果穂は瞬く間に感じはじめていた。

「そんなにヒクヒクして、どうしたの？」

さらに指先で女体をなぞり、下半身へと移動させる。恥丘をゆっくり撫でまわして、陰毛のなめらかな感触を楽しんだ。さらには太腿のつけ根に指先を潜りこませる。恥裂に到達すると、確かな湿り気が伝わってきた。

「ああっ……」

彼女の声がどんどん艶を帯びていく。やはり寅雄の愛撫を身体が覚えているのだろう。反応は顕著だった。

二枚の女陰を交互に撫であげて、濡れそぼった割れ目に指先を浅く沈みこませる。クチュッという湿った音を聞きながら、すでに硬くなっている肉芽をできるだけやさしく転がした。

「そ、そこ……はあっ」

果穂は内腿を閉じると、辰樹の手を挟みこんだ。それでも、腰は揺れてる。指先でクリトリスをいじるたび、平らな下腹部も艶めかしく波打った。

「感じてるんだね」

「ああンっ……どうして、そんなにやさしくするの？ トラちゃんを思い出しちゃう」

もう女体がくねるのをとめられないらしい。果穂は困った顔になり、喘ぎまじりに訴えてくる。辰樹と経験した激しいセックスを望みながらも、寅雄の時間をかけたソフトな愛撫で感じていた。

「忘れてほしくないんだ……俺のことを」

口が勝手に動いてしまう。「寅雄のことを」と言うつもりが「俺のことを」になっていた。

「タッちゃん?」

さすがに果穂が怪訝な顔をする。辰樹の顔を見つめて首をかしげた。

「なに言ってるんだ。俺だよ」

辰樹は果穂の左手をつかむと、薬指にはまっている指輪にそっと触れる。とたんに彼女の瞳から新たな涙が溢れ出した。

「ト、トラちゃん……うっうぅっ」

嗚咽を漏らす顔を見ていると、さすがに罪悪感がこみあげる。しかし、心臓に刻まれた寅雄の記憶が、辰樹の口を勝手に動かしていた。

「果穂……もっと感じてるところを見せてくれ」

いけないと思っても、寅雄のように語りかけてしまう。それと同時に股間に這わせている中指を曲げて、膣口にヌプリと埋めこんだ。

「ああッ」

喘ぎ声とともに腰が跳ねあがる。果穂は両手で辰樹の手首をつかむが、拒んでいるわけではない。それどころか脚が徐々に開いて、さらなる愛撫を求めるように股間を前方に突き出した。

「これがいいんだね」

辰樹はさらに深く指を挿入すると、膣内で鉤状に折り曲げる。膣道の上部にあるザラザラした部分を擦れば、女体の反応が激しくなった。

「あううッ、そ、そこ……ああッ、い、いいっ」

果穂が脚を大きく開き、股間をさらに突きあげた。

「も、もうダメっ、ああッ、いいっ、あぁあああああッ!」

艶めかしい声を振りまくのと同時に、女体がビクビク痙攣する。膣が思いきり収縮して、辰樹の指を食いしめた。

じっくりした愛撫で果穂が昇りつめたのは間違いない。膣の奥から華蜜が大量に溢れて、股間がぐっしょり濡れていく。引き抜いた指がふやけており、女陰は物欲しげに蠢いていた。

「じゃあ、そろそろ……」

辰樹は女体に覆いかぶさると、屹立したペニスの先端を膣口に押し当てる。体重をゆっくりかけて、亀頭をヌプリッと埋めこんだ。

「はあああッ、イッたばっかりなのに……あンンンッ」

昇りつめた直後で敏感になっているのだろう。果穂の反応は凄まじい。背中を大きく反らすと、膣口でカリ首を締めつけてきた。

「ううッ」

いきなり、快感の波が押し寄せてくる。

普段の辰樹なら余裕だが、今は寅雄の意識が強くなっているため簡単に追いこまれてしまう。懸命に射精欲を抑えると、スローペースの挿入を再開した。腰をじわじわ押し進めて、ようやくペニスが根元まで収まった。

「ああンっ、やっと……」

果穂が両手を伸ばしてくる。辰樹は上半身を伏せると、女体をしっかり抱きしめた。

「果穂……」

こうして肌を密着させることで、一体感が高まっていく。愛おしさも押し寄せて、心がほっこり温かくなった。

まだ根元まで挿入しただけだが、早くも射精欲がふくらんでいる。少しでも長持ちさせたくて、腰をゆっくり振りはじめた。太幹をじりじり後退させると、再び根元まで押しこんだ。

「ああッ……そんなにゆっくり……」

果穂が焦れたように腰をよじる。そうすることで媚肉が蠢き、男根が思いきり締めあげられた。

「ううッ、す、すごいっ」

たった一往復で我慢汁が大量に溢れ出す。スピードをあげるとすぐに暴発しそうなので、慎重に腰を振りつづけた。

「あッ……あッ……」

あれほど辰樹の激しいピストンを欲していたのに、果穂はゆったりした動きでも感じている。彼女にとっては寅雄とのセックスが一番なのだろう。

「ううッ……か、果穂っ」

快感に耐えながらピストンする。全身の毛穴から汗が噴き出し、膣のなかでペニスが小刻みに震えていた。

辰樹ならガンガン突きまくるところだが、寅雄に支配されている今、そんなことができるはずもない。少しでも刺激が強くなれば、あっという間に欲望を噴きあげてしまう。それほどまでに性感を追いこまれていた。

（ううっ、このままだと……）

まだ挿入したばかりなのに、我慢汁がとまらなくなっている。

危険だとわかっているが、腰の動きが少しずつ加速してしまう。辰樹の普段のピストンとは比べものにならないゆったりした動きだが、カリが確実に膣襞を擦りあげていた。

「あぁッ、ト、トラちゃん……」

果穂が譫言のようにつぶやき、強く抱きついてくる。辰樹もしっかり抱きしめるが、嘘をついているようで申しわけない気持ちになってしまう。

「お、俺は――」

「トラちゃんと同じだよ」

辰樹の声を、果穂がやんわりと遮った。

「このやさしい感じ……トラちゃんと同じなの」

女体が震えている。果穂は声を押し殺して泣いていた。

「果穂……お、俺……」

「ほら、その呼び方もトラちゃんそっくり」

不慮の事故で恋人を失った果穂が、かわいそうでならない。そして、今や存在がなくなり、辰樹の体の一部となった寅雄が不憫だった。

辰樹は思いきり突きたい気持ちを抑えて、腰をゆったり振りつづけた。

「ああンっ、今だけ……今だけトラちゃんになって」

果穂が涙声で懇願してくる。泣き濡れた瞳で見つめられたら、拒絶できるはずがなかった。

「わ、わかったよ……果穂」

耳もとでささやくと気分が盛りあがる。本物の恋人同士のように抱き合い、身体をぴったり密着させた。どちらからともなく唇を重ねると、自然と腰の動きが速くなった。

「ああッ、い、いいっ」

「くううッ、お、俺も」

果穂の喘ぎ声と辰樹の呻き声が交錯する。膣襞を擦りまくることで、瞬く間に射精欲がふくれあがった。

すぐに絶頂の波が押し寄せてくる。だが、もう我慢するつもりはない。辰樹は本能のままに男根を出し入れした。亀頭を最深部までたたきこむと、膣道がキュウッときつく締まった。

「あああッ」

「おおッ、も、もう……か、果穂っ」

彼女の名前を呼ぶほどに感情移入していく。本当に交際しているような気分になり、辰樹は女体をしっかり抱きしめた。

「おおおおッ、果穂っ、で、出るっ、くおおおおおおッ！」

「ト、トラちゃんっ、い、いいっ、はあああッ、イ、イックううううッ！」

ふたりは抱き合ったまま同時に昇りつめる。深くつながった状態で、息を合わせて腰を振り合った。太幹と膣道が一体化したような感覚のなか、大量の精液をドクドクと注ぎこんだ。

脳髄まで蕩けるような快感がひろがっている。辰樹が最後の一滴まで放出すると、果穂は新たな涙で頬を濡らした。

「話のつづきなんだけど……」

果穂がぽつりとつぶやいた。

快楽を共有して、すでにふたりは身なりを整えている。先ほどと同じように、ベッドに並んで腰かけていた。

「大切な話があるって言ったでしょ」

「う、うん……」

そう言われて思い出す。そもそも果穂は大切な話をするために、わざわざ訪ねてきたのだ。

「どうしても、タッちゃんに話しておきたかったの」

果穂はそう言いながら、左手の薬指にはまっている指輪をそっと撫でた。

「トラちゃんから、なにか聞いてない？」

「えっ……なにを？」

まったくわからない。なにか特別な話があったのだろうか。

「あの日……観覧車でこの指輪をくれたとき……トラちゃん、プロポーズしてくれたの」

「プ、プロポーズ……寅雄が……」

そこまでしていたとは知らなかった。

あの指輪は単なる誕生日プレゼントではなく婚約指輪だ。寅雄は果穂のことを大切にしていたので、いずれはそうなるかもしれないと思っていた。だが、実際はもう結婚まで考えていたのだ。

（うっ……）

心臓が強く拍動して息苦しさに襲われる。激しい頭痛とともに、寅雄の記憶がよみがえった。

果穂が大学を卒業したら結婚しようと思っていた。だが、そのことを辰樹にどう伝えるかが悩みだった。両親を事故で亡くして、大学を中退せざるを得なかった。以来、兄弟で力を合わせて生きてきた。いつかはそれぞれの道を歩むことになるとわかっていたが、いざとなると言い出しづらかった。

（バカだな。そんなことで悩んでいたのか）

辰樹は左胸にそっと手をあてがった。心のなかで語りかけると、まるで呼応するように心臓が拍動した。

――俺のせいで、辰樹は茉莉奈さんといっしょに住めないんじゃないか。俺、ふたりの邪魔をしてないかな。

寅雄は茉莉奈にそう言っていたという。

辰樹のことを気にしていただけに、結婚の報告をするタイミングがむずかしかったのだろう。

「タッちゃんを飲みに誘って、そこで打ち明けるって言ってたの」

果穂の声が急に遠くなる。まるで頭をハンマーで横殴りされたような激しい衝撃が襲ってきた。

「そ、それって、もしかして……」

いやな予感がこみあげる。辰樹と寅雄がふたりで飲みに行くことはめったになかった。

「うん……あの日なの」

果穂の声は消え入りそうなほど小さい。

あの日とは、兄弟がトラックに撥ねられた日のことだ。寅雄は残念ながら命を落として、辰樹は弟の臓器を移植されて生き長らえた。

逆になっていてもおかしくなかった。どうして自分が助かったのか、思い悩んだこともある。夜、横になってから延々と考えて、気づくと朝になっていたこともめずらしくなかった。

「どうして……寅雄だったんだ」

絞り出すような声になっていた。熱いものがこみあげそうになり、懸命に抑えこんだ。

「それは、トラちゃんが願ったからだと思う。タッちゃんに生きてほしいって、きっとトラちゃんが願ったんだよ」

果穂がやさしく語りかけてくれる。

「だから、タッちゃんは長生きしないといけないんだよ」

穏やかだが意志の強さを感じさせる声だ。

寅雄が選んだ女性だけのことはある。果穂がこれほどしっかりしているとは知らなかった。

「タッちゃん、ありがとう……トラちゃんに会えたみたいでうれしかったよ」

双眸から涙が溢れて頰を濡らしている。それでも、果穂は柔らかい笑みを浮かべていた。濡れた瞳は、きっと未来を見つめているのだろう。

「僕のほうこそ……ありがとう」

心からの言葉だった。

辰樹は許された気がして、心がすっと軽くなるのを感じた。

心臓と肺をくれた寅雄の分までしっかり生きなければと、はじめて本気で思うことができた。

第五章　ひとりじゃない

1

定期検診の前日、辰樹は駅前の喫茶店に向かった。

昨夜、茉莉奈にメールを送り、会う約束を取りつけたのだ。昼夜は取引先との懇親会があると断られたが、大切な話だからと食いさがり、休憩の一時間だけ会えることになった。

もう五日も連絡を取っていない。こんなことは、昏睡状態をのぞけば、はじめてのことだ。このままではいけないと思っていた。正直、気は進まないが、そろそろけじめをつけなければならなかった。

深い溝ができているのは確かだ。このままダラダラつき合うのは、互いのためによくなかった。

事故がきっかけになったのは間違いない。

昏睡状態から目覚めたが、辰樹は自分のことがわからなくなっていた。辰樹でありながら辰樹ではない。日に日に寅雄の要素が濃くなっている気がしてならなかった。

そして、茉莉奈は辰樹のなかに潜んでいる寅雄の部分に惹かれた。

もちろん、茉莉奈は自覚していない。まさか、寅雄の記憶や意識が、辰樹に転移しているとは思いもしないだろう。病室でのセックス中だけだとしても、彼女の気持ちは弟に向いていた。辰樹にとっては残酷すぎる事実だった。

辰樹が喫茶店につくと、すでに茉莉奈は到着していた。

「ごめん。待った？」

声をかけながら、テーブルを挟んだ向かいに座った。

約束の時間を十分ほど過ぎていた。時間に正確な茉莉奈は、待つのも待たされるのも嫌いだ。ところが、今日は首を小さく左右に振るだけで、まったく怒っている様子がない。

「ううん、大丈夫」

声は落ち着いているが、視線は落ち着きなく動いている。もしかしたら、なにかを予感しているのかもしれなかった。

彼女の前にはティーカップがある。辰樹も同じものを頼んだ。

やがてウエイトレスが紅茶を運んでくるまで、ふたりとも無言だった。辰樹は紅茶をひと口飲むと、意を決して切り出した。

「いろいろ考えたんだ……」

さすがに言いよどむが、このままというわけにはいかない。心が離れているのに、自分を偽っていっしょにいるほうがひどいと思う。

「僕とマリちゃんのこと」

やけに喉が渇く、もう一度、ティーカップを口に運んだ。

「もう、以前の僕じゃないんだ」

嘘は言っていなかった。

記憶転移のことを説明しても、わかってもらえるとは思えない。なにしろ、自分自身が信じられなかったのだ。適当な言いわけを並べていると勘違いされたくない。だからといって、嘘もつきたくなかった。

「上手くいえないけど、マリちゃんが好きって言ってくれた僕じゃないんだよ」

「わたしも、前のタツくんじゃないって感じてた」

茉莉奈もおかしいと思っていたらしい。とはいえ、辰樹のなかにいる寅雄に気づいたわけではないだろう。

「マリちゃんとは、もうつき合えない……理由は聞かないでくれ。ごめん……本当にごめん」

謝ることしかできなかった。

あの日、病室で茉莉奈をやさしく抱いたのは寅雄で、辰樹はそのことに嫉妬している。などと言っても、笑い飛ばすか怒るかのどちらかだろう。

それだけではない。辰樹の心は、どうしようもないほど葉子に惹きつけられている。彼女のことを考えないときはない。明日も定期検診で会えるかもしれないと思うと、心が浮き立ってしまう。

こんな状態で無理やり交際をつづけても、傷がよけいに深くなるだけだ。いずれ別れることになるのは目に見えている。それなら、決断は早いほうがいいと思った。

「じつは——」

やはり、葉子に気が向いていることを打ち明けるしかないと思ったとき、茉莉奈が静かに唇を開いた。

「謝らないといけないのはわたしのほう……タツくんのこと全然わかってなかったの。ごめんなさい」

なぜか茉莉奈も謝ってくる。彼女の瞳は涙で赤くなっていた。

「入院しているとき、会いに行くのが怖かったの。つきっきりで看病する人もいるのに……わたしはできなかった」

「マリちゃんは仕事が忙しいから——」

「そんなの言いわけよ。時間なら作れた。でも、タツくんが死んじゃうと思ったら怖くて……病院に行けなかった」

ついに茉莉奈の瞳から涙が溢れ出す。彼女はバッグからハンカチを取り出して目もとを押さえた。

「でも、タツくんは意識を取り戻したよね。こんなに強い人だなんて知らなかった。わたし、ひどい彼女だった。それに……」

なにかを言いかけて黙りこむ。茉莉奈はさっと周囲を見まわすと、声を落として再び語り出した。

「病室で抱かれたときに思ったの。これまでのタツくんと違うって。それなのに、わたし……」

そこで言葉を切ったが、なんとなく言いたいことはわかった。

病室でのスローセックスで、これまでの辰樹と違うと思ったのに興奮したのだろう。

そのときに罪悪感を覚えたのではないか。それと同時に、辰樹への想いが薄れたのかもしれない。彼女がどこまで自覚しているかはわからない。いずれにせよ、もう交際をつづけられないと悟ったようだ。

「もう……会わないほうがいいと思う」

茉莉奈はそう言って、再び涙をこぼした。

そんな彼女にかけてあげる言葉が見つからない。辰樹はただ黙ってうなずくことしかできなかった。

ふたりは喫茶店の前で別れた。

もう会うことはないだろう。事故がきっかけだった。しかし、いずれはこうなっていたのかもしれない。交際中は強固な絆で結ばれていると思っても、壊れるときは一瞬だ。

それでも、まさかこんな日が来るとは思いもしなかった。

アパートに戻ると、玄関のドアノブにデパートの紙袋がさがっていた。

(なんだ?)

何事かと思って紙袋のなかをのぞいてみる。

すると、そこには見覚えのあるスウェットの上下が入っていた。寅雄の物に間違いない。その下には赤ワインとフレッシュオレンジジュースのボトルが入っていた。

(これって……)

便箋が入っていたのでひろげてみる。そこには、まるみを帯びた可愛らしい文字が並んでいた。

『わたしの部屋に置いてあったトラちゃんの部屋着を返します。あと、トラちゃんの好きだったワインと、お酒の弱いタッちゃん用のジュースを入れておくね。バイバイ。果穂』

別れを告げに来たのかもしれない。

短い手紙を読んだ瞬間、そう思った。手紙を用意していたということは、最初から辰樹に会うつもりはなかったのだろう。インターホンも鳴らさなかったに違いない。

果穂は恋人を亡くした悲しみを引きずっていた。寅雄の姿を辰樹に重ねていたが、やはり別人なのだと理解したのだろう。

果穂が辰樹の顔を見れば、間違いなく寅雄を思い出す。辰樹も果穂を見れば、寅雄のことを思わずにはいられない。

淋しいけれどお別れだ。

偶然にも今日はふたりの女性と決別した。

いろいろな変化を経た今となっては三人三様の道を歩んでいくしかないのだ。

茉莉奈と果穂が幸せになってくれることを、祈らずにはいられなかった。

2

翌日、辰樹は二度目の定期検診で病院を訪れた。退院して、ちょうど二週間が経っていた。

「見る限り問題ありません。体調はいかがですか?」

森田医師がＭＲＩの画像をじっくり確認すると、あらたまった様子で辰樹に向き直った。

「顔色はだいぶいいですね」

「はい、自分でもよくなっている感じがします」

辰樹は率直に答えた。

森田の斜め後ろには葉子が立っている。やさしい眼差しを向けられると、頬が微かに熱くなるのがわかった。

「顔が赤いですね。少し体温が高いのかな？　大沢さん、念のため体温を測っておいて」

指示を受けて、葉子が白衣のポケットから体温計を取り出した。

「これを腋の下に挟んでくださいね」

「は、はい」

緊張で声が震えてしまう。体温計を受け取るとき、指先が触れて心臓がドクンッと小さな音を立てた。

「前回は頭がすっきりしないと言っていましたが、今はどうですか？」

森田が再び質問してくる。移植手術の経過が順調で、自信に満ちた表情になっていた。

「まだ完全ではないですけど、だいぶ正常に戻ったみたいです」

「時間とともに治っていくはずです。引きつづき経過を見ていきましょう」

そのとき、体温計のアラームが鳴った。

腋の下から取り出すと、葉子が手をすっと差し出してくる。またしても指先が触れて、彼女は微かに口角をあげた。

（ああっ、葉子さん……）

せつない想いが加速して、胸の鼓動が速くなった。

「六度九分です」

体温計を確認した葉子が医師に告げた。

「少し高めですね」

森田はカルテに体温を書きこむが、問題なしと判断したらしい。なにも尋ねてこなかった。

「質問はありますか？」

「ちょっと小耳に挟んだのですが――」

辰樹は少し迷いながらも切り出した。

「心臓移植すると、記憶が移ることがあるんですか?」

平静を装って、雑談という感じで話したつもりだ。

葉子が困惑の表情を浮かべている。よけいなことを言わないほうがいいと瞳が語っていた。

「そういう報告もあることにはありますが、科学的に証明されているわけではありません。少なくとも、わたしはそういう人に会ったことがないですね」

森田は半笑いになっている。記憶転移などあるはずがない、と決めつけている顔だった。

「ですよね。やっぱり、そんなことないですよね」

辰樹も笑みを浮かべてごまかした。

やはり、森田には話さないほうがいいだろう。事故による脳の損傷を疑われるに決まっていた。

(でも、このままで大丈夫なのか?)

一抹の不安が胸にあった。

体はまったく問題ない。移植された心臓も肺も正常に機能している。だが、寅雄の記憶がどんどんよみがえっているのが気になった。それにともない寅雄の意志も強くなっている気がする。

辰樹自身の意識が消えるわけではないが、寅雄の考えが前面に出てくることが度々あった。

無意識のうちに寅雄の部屋に入ってしまったり、コーヒーを飲もうとして寅雄のマグカップを使ってしまったり、コンビニでシャケ弁当を買おうとして、気づくと寅雄の好きだったカツ丼を手に持っていたり――。

数えあげればきりがない。今のところ、なにか害があるわけではないが、そのうち寅雄に呑みこまれてしまうのではないか。そして、辰樹が消えてしまうのではないか。そんな漠然とした不安がふくらんでいた。

「では、また一週間後に来てください」

「はい……ありがとうございました」

辰樹は秘密を胸に抱えたまま立ちあがる。葉子をチラリと見やると、やさしげな笑みを向けてきた。

「大丈夫よ」

診察室を出るとき、葉子は唇だけ動かして語りかけてくれる。たったそれだけで不安が薄れる気がするから不思議だった。

3

夜七時前、インターホンのチャイムが響いた。

(もしかして……)

辰樹は小走りに玄関へと向かった。期待に胸をふくらませながらドアを開けると、やはりそこには葉子の姿があった。

「葉子さん……」

ひと目見た瞬間、頬がほころんでしまう。慌てて表情を引きしめようとするが、もう力が入らなかった。

今日、定期検診で病院を訪れたとき、葉子に会っていた。最後に彼女が語りかけてくれたので、もしやと思っていたのだ。

「こんばんは」

葉子が遠慮がちにつぶやいた。コートの襟を寒そうに立てており、吐く息が白かった。

「突然、ごめんなさいね。どうしても辰樹くんの様子が気になって……住所はカルテで見たの」

申しわけなさそうに言うが、辰樹は即座に首を左右に振りたくる。そして、ドアを大きく開け放った。

「とにかく入ってください。寒いですから」

「いいの？」

「もちろんです。葉子さんなら、毎日でも大歓迎ですよ」

まじめに言うのが恥ずかしくて、つい冗談っぽくなってしまう。だが、それは辰樹の本心だった。

「ふふっ、ありがとう。お邪魔します」

葉子がパンプスを脱いであがってくる。それを見ているだけで、胸がドキドキしてきた。

「いやじゃなかったら、ベッドに座ってください」

「じゃあ、遠慮なく」

葉子は部屋に入るとコートを脱いだ。

なかに着ているのは白いブラウスに濃紺のタイトスカートだ。膝が隠れる丈だが、ベッドに腰かけると少しずりあがる。ナチュラルベージュのストッキングに包まれた両膝がチラリとのぞいた。

「す、すぐ飲み物を入れますね」

思わず見惚れそうになり、慌ててキッチンに向かった。

「お構いなく」

背後で葉子の声が聞こえる。

彼女が部屋に来てくれたことが、とにかくうれしい。顔を見るだけで、どうしてこれほど安心できるのだろう。

入院していた半年間、毎日、病院で看病してくれたからなのか、それともひと目惚れのようなものなのか、自分でもよくわからない。いずれにせよ、茉莉奈にも果穂にも持ったことのない特別な感情だった。

もしかしたら、寅雄も同時にほっとしているので、安心感が倍になるのかもしれない。移植された寅雄の心臓も肺も、辰樹と同じだけ茉莉奈のお世話になっているのだから。

「コーヒーでいいですか。インスタントしかないですけど」

辰樹が振り返ると、葉子は微笑を浮かべてうなずいてくれた。

やかんを火にかけて、マグカップをふたつ用意する。葉子が人妻だということを忘れたわけではないが、ふたりきりだと思うと、どうにも緊張してしまう。湯が沸くのを待つ間、何度も深呼吸をして気持ちを落ち着かせた。

「お待たせしました」

コーヒーが入ったマグカップを持って部屋に向かう。

葉子は膝に両手を置き、落ち着いた表情で待っていた。目が合うとにっこり微笑んでくれる。だが、冷静になって考えると、彼女がどうしてここまで気にかけてくれるのか疑問だった。

辰樹はテーブルを挟んで、絨毯の上に腰をおろした。

葉子の隣に座りたい気持ちは山々だが、下心があると思われたくなかった。いや、下心がないと言えば嘘になる。疚しい気持ちを見抜かれたくないというのが本当のところだ。

「事前に連絡しようかと思ったんだけど……もし、会えなかったら、これっきりにしようと思っていたの」

葉子がぽつりぽつりと語りはじめる。

なにやら言いにくそうなのは、患者に深入りすることをよくないと思っているからだろうか。

「もしかして、病院の規則違反になるんですか？」

思いきって尋ねてみる。彼女の負担になっているのなら、こうして会えるのはうれしいけれど申しわけなかった。

「とくに決まっているわけではないの……でも、看護師のモラルに反するし、一応、結婚してるから」

どうやら、既婚者であることも気になっているらしい。ところが、葉子の左手薬指にリングはなかった。

きっと深い意味はない。仕事中は邪魔になるのではずしているだけだろう。家に帰ったらリングをつけるのではないか。そう思うが、夫と上手くいっていないという話が頭の片隅にあった。

「どうして、そんなに僕のことを気にかけてくれるんですか？」

率直に疑問をぶつけてみる。すると、葉子は内心を探るように辰樹の目を見つめてきた。

「具合、よくないんでしょう」

核心を突かれた。

「今日の診察の様子を見ていて思ったの。記憶転移が関係しているのね」

さすがは担当看護師だ。半年も看病してきただけのことはある。葉子は辰樹の不安を敏感に感じ取っていた。

「絶対に笑わないでくださいよ」

「もちろんよ。患者さんが苦しんでいるのに笑ったりしないわ」

葉子は真剣な表情で語りかけてくる。彼女の誠意が伝わり、辰樹はあらためて口を開いた。

「じつは、僕のなかで寅雄が強くなっている気がして……」

「どういうこと？」

「記憶が移るだけじゃなくて、言動が寅雄っぽくなることがあるんです」

思いきって告白する。

こんなことを相談できるのは葉子しかいない。そもそも記憶転移のことを教えてくれたのも彼女だ。担当医には言えないが、葉子になら胸に抱えこんでいる不安を吐露することができた。

「最初は気のせいだと思ったんです」

辰樹の意識が消えるわけではないが、寅雄の意識が重なってくる感じだ。いつそれが起きるのか、自分ではコントロールできない。突然、口調が寅雄のようになり、勃起したペニスの曲がる向きも変わるのだ。

「僕、おかしくなってしまったんでしょうか」

言葉にすることで、なおさら不安がふくれあがった。

葉子の前だと自分をさらけ出せるせいか、どこまでも弱気になってしまう。格好悪いと思うが、もうひとりでは抱えきれなかった。

「もっと早くケアしてあげればよかったわ。わたしも、どうすればいいのかわからなくて……不安だったでしょう。ごめんなさい」

どうして葉子が謝るのだろう。辰樹は不思議に思いながら、彼女のことを見つめていた。

「どのタイミングで話すべきか迷っていたの」

「なにか、あったんですね」

辰樹の言葉に葉子は無言でうなずく。そして、冷めかかっているコーヒーをひと口飲んで喉を潤した。

「最初に意識が戻ったとき、辰樹くんは自分を『寅雄』だって言ったの」

一瞬、意味がわからず首をかしげる。

そういえば、辰樹の意識が戻る二週間前に、昏睡状態から目覚めたと聞いていた。辰樹の意識は眠っていたのに、会話もしていたらしい。そのときのことを言っているのだろう。医師は記憶が混乱しているだけだとして、まるで問題にしなかったという。

「わたしは半年間、毎日お世話をしていたから、これは普通じゃないと思ったわ。記憶の混乱とかそういうレベルじゃなかった。寅雄くんの記憶だけではなく、人格まで転移していたのよ」

葉子も秘密を抱えていたのがつらかったのかもしれない。悲痛な表情で、いつもよりも早口になっていた。

「本当に、そんなことが……」

寅雄の人格の転移は、身をもって感じていたことだ。しかし、葉子に言われたことで、より重い事実として受けとめた。

「わたしも信じられなかったけど、実際に見たのだから疑いようがないわ。寅雄くんしか知らない事故の状況も話していたの。事故に遭う前、辰樹くんを誘って居酒屋に行ったらしいわよ」

「その居酒屋って、もしかして……」

「ええ、わたしと辰樹くんが行った居酒屋よ。辰樹くんははじめてだって言ってたけど、実際は寅雄くんと行ったことがあるのよ」

そう言われても思い出せない。やはり辰樹の記憶はすべて戻っているわけではなかった。

「あの居酒屋で、寅雄くんは辰樹くんに、プロポーズの報告をしたって」

「僕は……僕はなんて言ったのか、聞きましたか？」

反対はしないと思うが、寅雄が亡くなる直前のことだ。もしかしたら、まともに交わした最後の会話かもしれない。自分が亡き弟にどんな言葉をかけたのか気になった。

「すごく喜んでくれたって、寅雄くんも喜んでいたわ」

「寅雄のやつ、喜んでたんですね」

辰樹が聞き返すと、葉子はこっくりうなずいてくれる。

それがわかっただけで、ほっと胸を撫でおろした。最後に兄弟喧嘩などしていなくて本当によかった。

「辰樹くんはご機嫌で、ビールをたくさんおかわりしたって」

「僕、あんまり飲めないのに……」

「きっと、うれしかったのね。寅雄くんの幸せを祝ってあげようとしたんじゃないかしら」

葉子の言葉に思わず涙ぐみそうになる。慌てて奥歯を食い縛り、こみあげてくるものを抑えこんだ。

幸せな報告を受けた居酒屋からの帰り道、トラックに撥ねられた。

飲みすぎて足もとをふらつかせた辰樹を助けようとして、寅雄は巻き添えになったのだ。

「僕のせいで、あいつは……」

「自分を責めてはいけないわ。寅雄くんはそんなこと望んでないの」

「そんなのわからないじゃないですか」

つい声が大きくなってしまう。いけないと思っても、こみあげてくる後悔が口を衝いて溢れてしまう。

「僕のことを恨んでいるかもしれない。だって、せっかくプロポーズが上手くいったのに……」

「寅雄くんは自分の状況を理解していたわ。自分は死んで、心臓と肺が辰樹くんに移植されたって、わかっていたの」

またしても激しい衝撃を受けた。

自分の死を理解しているとは、どういう感覚なのだろう。そのうえで、普通に葉子と言葉を交わしていたというから驚きだった。

「そ、そんな……」

「意識が戻っているように見えたけど、あの時点で辰樹くんはまだ昏睡状態だったの。寅雄くんの意識だけが目覚めていたのね」

そんなことがあるのだろうか。

信じられないが、実際に起こったことだ。あの二週間、辰樹の意識はまったくなかった。寅雄の意識だけが、辰樹の体を動かしていたのだ。

「わたしも、あのときは理解できていなかった。今にして思えば、わたしが夫のことを相談していたのは、寅雄くんだったのね」

だんだん辰樹にもわかってきた。

居酒屋で葉子と話しているとき、相談内容を思い出したのは、寅雄の記憶がよみがえったからだ。辰樹は昏睡状態だったが、実際に葉子から相談を受けた寅雄の記憶が教えてくれたのだ。

「でも、今、僕の意識は戻ってますよね。それなのに、寅雄が出てきたり消えたりするのは、どういうことなんでしょうか」

頭痛や目眩、それに激しい動悸に襲われて、その直後に寅雄が出現する。そんなことを何度もくり返していた。

「わたしなりにいろいろ調べたの。たくさんの資料を読んだわ。でも、結局のところ、記憶転移については研究があまり進んでいないの。これは、わたしの推測でしかないけど——」

葉子はそう前置きすると、小さく息を吐き出してから、言葉を選ぶように語りはじめた。

「頭を打った後遺症で、辰樹くんの意識は安定していないの。強くなったり弱くなったりをくり返しているのよ。それに対して、寅雄くんの意識は一定のレベルを保っているわ」

「じゃあ、寅雄が出てくるんじゃなくて……」

「そうなの。辰樹くんの意識が弱くなったとき、突然、寅雄くんが出現すると錯覚しているのよ」

驚愕の事実だった。

つまり辰樹が辰樹であることに変わりはないが、調子が悪いときは寅雄が補っているということだろう。考えれば考えるほど奇妙だが、それを裏づけることがいくつも起こっていた。

(僕の体に、寅雄が……)

思わず左胸に手のひらを重ねた。

他人が自分の体に入ってきたのなら、おぞましかっただろう。だが、寅雄だと思うと、いやな気持ちは起こらない。むしろ、なくしたものを見つけたような安心感があるのは、双子ならではの特殊な感情に違いなかった。

頭がすっきりしてきたのは、この状況に慣れてきたからだという。依然として辰樹の意識は不安定な状態がつづいているらしい。

「じゃあ、僕はいつか消えてしまうってことも……いつの間にか、寅雄になってしまうってこともあるんじゃないですか」

不安がふくれあがっていく。寅雄が生き返るのなら、もちろんそれはうれしいことだ。でも、自分が消えるのは恐ろしかった。

「それはないわ。森田先生も言っていたでしょう。頭を打った場合、記憶が戻るまでに時間がかかるの。今、不安定なのは仕方のないことなのよ」

「でも、ずっとこのままってことも……」

森田医師は、事故の記憶は戻らないこともあると言っていた。それなら、辰樹の意識も強くなったり弱くなったりをくり返したまま、ということもあるのではないか。

「それは……あるかもしれないわ」

葉子が静かにつぶやいた。

「寅雄くんの意識があるから、急に倒れたり、失神したりはしないけど、辰樹くんとしては不自由に感じる部分もあるかもしれない」

「そう……ですよね」

不安しかなかった。

寅雄の意識は常にあるため、外からは正常に見える。検査をしても引っかかることは、まずないという。

「じゃあ、もし……もしですよ。僕がこの世から消えても、誰も気づかないってことですよね」

気づくと指先が震えていた。

怖かった。死ぬことではない。誰にも気づいてもらえないのが怖かった。辰樹は絨毯の上で体育座りをして、自分の膝の間に顔を埋めていった。

「辰樹くん……」

耳もとで声がした。

大好きな葉子の声だ。やさしく髪を撫でてくれる。それでも顔をあげることができなかった。

「わたしはわかってる。全部わかってるわ」

「よ、葉子さん」

ゆっくり顔をあげると、葉子がすぐ近くから見つめていた。

「ずっと、わたしがいてあげる。だから、怖がらないで」

やさしげな眼差しが、辰樹の恐怖を溶かしてくれた。

葉子だけが、すべてを理解している。彼女さえいてくれれば、もうなにも恐れることはなかった。

4

「こっちに来て」

手を取られて立ちあがる。服を脱がされて裸になると、導かれるままベッドに横たわった。

葉子もスカートに手をかけて、恥ずかしげにおろしていく。片足ずつ持ちあげて抜き取る姿が色っぽい。さらにストッキングもクルクルまるめるようにしながらおろして、つま先からそっと抜き取った。

白いブラウスが、まるでミニスカートのようになっている。思わず凝視すると、彼女は耳までまっ赤に染めあげた。

「もう……辰樹くんったら」

照れ隠しに葉子が甘くにらみつけてくる。しかし、潤んだ瞳を向けられると、ますます牡の欲望がふくらんだ。

ブラウスのボタンを上から順にはずして、肩をゆっくり滑らせた。

これで葉子が纏っているのは、純白のブラジャーとパンティだけになる。熟れた女体は匂い立つようだ。両手を背中にまわしてホックをはずすと、乳房を隠すようにしながらブラジャーを取り去った。

すでに辰樹の前でさらしているのに、恥じらいを忘れない姿にそそられる。腕に押されたことで、双乳はプニュッと柔らかく形を変えていた。視線を浴びて感じたのか、紅色の乳首が硬くなっているのがわかった。

（す、すごい……あの葉子さんが……）

辰樹は何度も生唾を飲みこんだ。

白衣姿の印象が強いため、露出した肌がなおさら艶めいて見える。性欲が刺激されて下腹部が盛りあがるのを自覚した。はっとして己の股間を見おろせば、屹立したペニスはしっかり右に曲がっていた。

(大丈夫、俺のチ×ポだ)

辰樹は安堵すると、再び女体に視線を向ける。白くてむちっとした肌が、牡の欲望を刺激してやまない。鼻息が荒くなるのを抑えられなかった。

「そんなに見られてたら脱げないわ」

葉子は背中を向けるとパンティに指をかけた。くびれた腰をくねらせながらおろしていく。やがて、むっちりした尻たぶと臀裂が見えてくる。たっぷり脂の乗った人妻の尻はまるで白桃のようで、むしゃぶりつきたくなるほどうまそうだった。

「うッ!」

そのとき、頭痛に襲われた。これは寅雄が出現する前兆だ。

(ど、どうして……こんなときに……)

思わず顔をしかめて頭を抱える。すると、心臓がバクンッと拍動して、遠くで誰かの声が聞こえた。

——あとで辰樹に代わるから。

寅雄だ。寅雄の声に間違いない。辰樹の意識が弱くなったため、寅雄が現れたに違いなかった。

(クッ……ダ、ダメだ)

なんとか意識を強く持とうとするが、心に力が入らない。こうなってしまったら、寅雄にまかせるしかなかった。

「辰樹くん、大丈夫？」

どうやら異変に気づいたらしい。生まれたままの姿になった葉子が、慌てた様子でベッドに駆け寄ってきた。

「う、うん、だ、大丈夫だけど……ぼ、僕はあとで……」

それだけ言うのがやっとだった。

眼球だけ動かして自分の股間を見やる。すると、屹立した肉棒が、右から左にゆっくり曲がるのがわかった。辰樹の意識が弱くなり、寅雄の意識が前面に出てきた証拠だ。

「大沢さん……俺だよ」

口が勝手に動いた。辰樹の意識もあるが、今、肉体を操っているのは寅雄の意識だ。

「寅雄くんなの？」

葉子が尋ねながらベッドにあがってくる。そして、添い寝をするように裸体を寄せると、辰樹の胸に刻まれた手術痕を指先でなぞってきた。

「うん……今はね」

「そうなのね」

ほっそりした指が下半身へと滑っていく。そして、左曲がりの肉棒にやさしく巻きついた。

「うっ……」

辰樹の口から快感の呻き声が漏れる。すると、葉子はうれしそうに目を細めて、指をゆっくりスライドさせた。

「すごく硬い……体はすっかり元気になったのね」

「もう完璧だよ。ねえ、俺の上に乗ってよ」

「わたしが上に乗るの？」

葉子がペニスをつかんだまま尋ねてくる。意味がわからないというように首をかしげていた。

「逆向きになって顔をまたいでほしいんだ」

どうやらシックスナインをするつもりらしい。辰樹は自分の声を不思議な気持ちで聞いていた。これまでシックスナインをしたことはないが、前戯に時間をかける寅雄は経験があるようだ。

「そんなこと……」

葉子はとまどった様子で顔を赤らめる。だが、じっと見つめられると断れなくなり、ペニスを握ったまま上半身を起こした。

「ああっ、恥ずかしいわ」

喘ぐようにつぶやき、片足をゆっくり持ちあげる。そして、辰樹の顔をまたぐと、裸体をぴったり重ねてきた。柔らかい乳房が腹に密着している。プニュッという感触に加えて、彼女の体温がしっかり伝わってきた。

「おおっ、す、すごい」

辰樹は思わず低い声で唸った。

紅色の陰唇が、すぐ目の前に迫っている。恥裂の上には、くすんだ色のすぼまりまで見えていた。

「お尻の穴までまる見えだよ」

「そんなところ見ないで」

見られていることを意識したとたん、尻穴がキュウッと収縮する。視線を感じて興奮したのか、女陰の合わせ目からは透明な汁がジクジク湧き出した。

「いやンっ、息がかかってる」

葉子がつぶやき腰をよじらせる。そう言う彼女の息も、ペニスの先端に吹きかかっていた。

「すごくきれいだ」

両手をまわしこんで尻たぶをしっかりつかむ。餅肌を撫でながら、愛蜜で潤っていく割れ目をまじまじと見つめた。

「お願いだから、そんなに見ないで……」

「じゃあ、見ない代わりに――うむむっ」

女陰に口を押し当てていく。舌を伸ばして舐めあげると、女陰を口に含んでクチュクチュとしゃぶりまわした。

「ああっ、わ、わたしも……はむンンっ」

亀頭が熱いものに包まれる。葉子が唇をかぶせてきたのだ。ぱっくり咥えこまれて、柔らかい唇がカリ首を締めつけた。

「くうっ、き、気持ちいい」

お返しとばかりに、舌先を割れ目に浅く沈みこませる。クリトリスを探り当てると、ねちっこく転がした。

「あンっ……はンンっ」

葉子はペニスを咥えたまま、喘ぎ声を漏らしている。唇がじわじわ滑り、やがて肉棒が根元まで口内に収まった。

その状態で舌が這いまわってくる。張りつめた亀頭を飴玉のように舐めまわされて、唾液まみれにされていく。カリの内側に舌先が入りこみ、ネロネロとくすぐられるのがたまらない。

「ううッ、そ、そんなところまで……」

辰樹も愛撫を加速させる。肉芽がぷっくりふくらんできたので、唾液をたっぷり塗りつけてからジュルルッと吸いあげた。

「あううっ、い、いいっ」

くぐもった喘ぎ声とともに、尻たぶが小刻みに震え出す。葉子が感じているのは明らかで、愛蜜の量がどっと増えた。

彼女の反応に気をよくして、辰樹は勃起したクリトリスに愛蜜と唾液を塗りつけては、執拗に何度も吸いあげる。

寅雄が現れなければ、これほど前戯に時間をかけることはない。とっくにペニスを挿入して腰を振りまくっていただろう。まだまだ前戯をやめるつもりはなかった。

ますます寅雄の意識が強くなる。辰樹は無理に抗わず、ここは寅雄に任せることにした。

「あっ……あっ……」

葉子はペニスを口に含んだまま喘いでいる。首をゆったり振り、唇で肉竿を擦りあげていた。

「くううッ、そ、そんなにされたら……」

早くも射精欲がふくらんでいる。

早漏ぎみの寅雄が出現しているので、暴発しないように耐えるのが大変だ。懸命にこらえながら女陰をしつこく舐めつづける。花弁をねぶりあげては、肉芽をねちっこく転がした。

さらには舌先を蟻の門渡りに伸ばしていく。くすぐるように滑らせて、ついには尻穴に到達した。

「ひあぁッ、そ、そこはダメっ」

葉子がペニスを吐き出して甲高い声をあげる。慌てて腰をよじるが、すかさず両手の指を尻たぶにめりこませて逃がさない。その状態で肛門をねちっこくしゃぶりまわした。

「ひいッ、お、お尻は……き、汚いから、あひいッ」

排泄器官を舐められることに嫌悪感があるのだろう。葉子はペニスを握ったまま、ヒイヒイ喘ぎつづけた。

「お尻も感じるんだね」

放射状にひろがる皺を舌先で一本いっぽん丁寧になぞり、唾液をたっぷり塗りつけていく。寅雄のねちっこい愛撫だ。やがて肛門に力が入ってすぼまると、中心部をツンツン小突きまわした。

「あひッ、ダ、ダメっ、あひンンッ」

「俺のチ×ポを舐めてよ」

愛撫をうながすと、葉子は喘ぎながらも再び亀頭を咥えてくれる。そして、柔らかい舌を這わせてきた。

「もう吐き出さないでよ」

舌先を女陰に戻して舐めまわす。肛門を愛撫したことで、愛蜜の量が格段に増えていた。とがらせた舌先を膣口に押し当てる。すると、ぬかるんだ媚肉は、いとも簡単に辰樹の舌を吸いこんだ。

「あふッ……あむンッ」

女体がビクッと反応する。くぐもった喘ぎ声が大きくなり、膣口が収縮して舌先を締めつけた。

寅雄の愛撫が徐々に加速する。舌を膣に挿入しながら、尻たぶを抱えた右手の中指を肛門に這わせていく。唾液で濡れた尻穴を押し揉み、ついにはツプッと埋めこんだ。

「はあああッ」

葉子が喘ぎ声を漏らして、唇でペニスを締めつける。二穴責めの快感に耐えるかのように、肉棒を思いきり吸いあげた。

舌先に膣襞の微妙な震えが伝わってくる。彼女に絶頂が迫っているのは間違いない。愛蜜は絶え間なく溢れており、肛門も第一関節まで埋まった中指を締めつけていた。

「あううッ、も、もう、あああッ、もうっ」

喘ぎ声が切羽つまってくる。葉子が昇りつめるのは時間の問題だ。寅雄もペニスを吸われる快感に耐えながら、膣と尻穴を同時に責めつづけた。

「ああッ、も、もうダメっ、イッちゃうっ」

女体に痙攣がひろがっていく。ペニスを咥えたまま訴えた直後、膣口と肛門がさらに締まり、舌と指を絞りあげた。

「イ、イクッ、イクイクッ、はうううううッ！」

ついに葉子がくぐもった喘ぎ声を響かせてアクメに達していく。女体が熱く火照り、折り重なった白い肌が波打った。

「くううッ……」

危うく絶頂に巻きこまれそうになる。なにしろ寅雄は持久力がない。奇跡的に耐えられたが、挿入したらすぐに果ててしまうだろう。

それでも、ひとつになりたくて仕方がない。今すぐ葉子のなかにペニスを突きこみ、欲望のままに腰を振りまくりたい。大好きな人とつながり、一体感を味わいたかった。

絶頂の余韻でぐったりしている女体を隣におろして仰向けにすると、正常位の体勢で覆いかぶさる。そして、左に曲がっているペニスを、濡れそぼった女陰にあてがった。

「あンっ……まだ、イッたばっかりだから……」

「俺、もう我慢できないよ……ふンンっ」

ゆっくり腰を押しつける。亀頭がヌプッと女陰の狭間にはまりこみ、無数の膣襞がいっせいにからみついてきた。

「はああッ、ダ、ダメぇっ」

「くおッ、こ、これは……」

呻きながら根元まで挿入すると、いきなり凄まじい快感が押し寄せてくる。今、寅雄の意識が強い状態で腰を振れば、あっという間に達してしまう。射精欲に抗うだけで、動くことができなくなった。

(ううッ、や、やばい……)

心のなかで唸ったとき、ふいに頭が痛くなる。セックスしている最中だというのに、またしても頭痛に襲われてしまった。

「くッ……ううッ」

顔を顰めて呻くと、頭のなかで声が響いた。

――辰樹、交替だよ。

寅雄の声だ。寅雄が呼びかけてきたのだ。その声に導かれるように、泥沼に沈みこんでいた辰樹の意識が浮上した。

「ああンっ、なかで動いてる……ど、どうして？」

葉子がとまどった声を漏らして見あげてくる。

根元まで埋まっているペニスが、左曲がりから右曲がりに変化したのだ。その動きを膣で感じたらしい。葉子はしきりに腰をよじり、うねる媚肉で男根を締めつけてきた。

「ううッ……よ、葉子さん」

とまどっているのは辰樹も同じだ。ふいに主導権が自分に戻り、快感が全身を貫いた。

「た、辰樹くん？　辰樹くんなのね」

どうやら葉子も気づいたらしい。驚いた様子で呼びかけてくる。辰樹は困惑しながらうなずくと、さっそく腰を振りはじめた。

「いきますよっ、うううッ」

寅雄の執拗な前戯で女壷はぐっしょり濡れている。遠慮することなく、いきなり力強い抽送を開始した。

反り返った男根を正常位でグイグイ突きこめば、女体が敏感に反応して震え出す。葉子は眉を歪めて瞳を潤ませながら、半開きになった唇から艶っぽい声をまき散らした。

「ああッ、い、いきなり、激しい……はああッ」

「僕は辰樹だから……寅雄じゃないから」

前回、葉子と交わったときは寅雄の意識が主体だった。早漏ぎみなのでピストンは穏やかだったが、今は持久力のある辰樹だ。最初から手加減なしの抽送で膣のなかをかきまわした。

「この間と全然違う……あああッ」

葉子が不安げな瞳で見つめてくる。寅雄とは対照的な激しいセックスにとまどっているらしい。それでも女壺はしっかり反応して、男根を思いきり締めつけていた。

「もっと奥まで挿れますよ」

辰樹は腰を振りながら、葉子の左右の足首をつかんで持ちあげた。

熟れた尻がシーツから離れて、辰樹も腰を浮かせていく。やがて彼女の股間が天井を向き、膝が顔につきそうなほど女体が二つ折りになった。いわゆる「まんぐり返し」と呼ばれる体位だ。

「ああッ、い、いや、こんな格好……」

「ほら、こうすると奥まで届くんです」

さっそく真上から打ちおろすようにピストンする。亀頭が深い場所まで入りこみ、膣の行きどまりをコツコツとノックした。

「あうッ、ダ、ダメっ、あううッ」

葉子の喘ぎ声が大きくなる。感じているのは明らかで、膣が意志を持った生物のようにうねりはじめた。

「おおッ、すごいっ」

彼女が喘いでくれるから、ますます腰振りに熱が入る。辰樹は掘削機のように男根を打ちおろして、蜜壺をこれでもかとえぐりまくった。

「ほらほらっ、奥まで届いてるのわかりますか？」

「はああッ、そ、そんなに激しく……」

窮屈な体勢で突かれて、葉子が顔をまっ赤にしながら喘いでいる。

寅雄の前戯ですっかり性感を蕩かされたあと、辰樹が激しくピストンしているのだ。ふたりの男に責められている状態で、葉子は抗いようもなく快楽の嵐に呑みこまれていく。

「あッ、あッ、い、いいっ」

「くおおッ、き、気持ちいいっ、葉子さんっ」

女壺のうねりが大きくなり、肉棒が四方八方から揉みくちゃにされる。大量の愛蜜でコーティングされたところを、無数の膣襞が這いまわるのだ。なにより葉子とつながっているという悦びが、快感をより大きくしていた。

「ぼ、僕……葉子さんのこと……」

興奮にまかせて彼女への想いを口にする。

「本気で……本気で好きなんですっ」

人妻だということを忘れたわけではない。むしろ、わかっているからこそ、普通の状態では打ち明けられずにいた。この熱い想いを伝えるには、今しかないと思った。

「た、辰樹くん……ああッ、は、激しいっ」

葉子がせつなげな瞳で見あげてくるから、ついつい腰に力が入ってしまう。ペニスを力強く打ちこみ、亀頭を膣の奥深くまでえぐりこませた。

「あぁッ、あぁッ、も、もうっ、はあああッ」

「葉子さんっ……おおおッ、葉子さんっ」

名前を呼ぶほどに気持ちが盛りあがる。彼女をもっと感じさせたくて、腰をガンガン振りまくった。

「ひあぁッ、も、もうっ、もうダメぇっ」

葉子の唇から絶叫にも似たよがり声がほとばしる。両手でシーツを強くつかみ、ついには歓喜の涙を流しはじめた。

「イキそうなんですね。イッてください！」

とどめとばかりに体重を乗せた一撃を送りこむ。膣奥をズンッと強く圧迫した瞬間、女体に痙攣が走り抜けた。

「ひいいッ、お、奥っ、いいいっ、あひいいッ、イクッ、イクうううッ！」

葉子がヒイヒイ喘いで一気に昇りつめる。宙に浮いている両足がつま先まで伸びきり、ペニスを思いきり締めつけた。

「くううッ」

辰樹はとっさに尻の筋肉に力をこめる。奥歯を強く食いしばり、爆発しそうになる射精欲を抑えこんだ。

(あ、危なかった……)

持久力には自信がある。しかし、葉子の膣がもたらす快楽は強烈で、危うく絶頂に巻きこまれるところだった。

これが寅雄だったら、ひとたまりもないだろう。前戯は得意で挿入前に女性を絶頂させることができる。ところが、いざ挿入すると、あっという間に果ててしまうのが弱点だった。

一方、辰樹はじっくり愛撫するのが苦手だ。早く挿入したくて、前戯に時間をかけられない。ペニスを女壺に挿れてからの持久力には自信があるので、寅雄とは正反対だった。

ふたりの得意な部分が出ているため、葉子はずっと喘ぎっぱなしだ。だが、辰樹はまだ達していなかった。

足首から手を離して女体を抱きしめると、ペニスを深く挿入したまま、辰樹はシーツに尻を落として座りこむ。そして、胡座をかきながら女体を引き起こすと膝の上に乗せあげた。

対面座位の体勢だ。この格好だと、彼女の体重が股間に集中するため、自然と亀頭が膣の奥までめりこんだ。

「ああンっ……や、休ませて」

葉子が弱々しい声で訴えてくる。眉を八の字に歪めた表情が、牡の欲望をかき立てた。

「僕、まだイッてないんだ」

女体をしっかり抱きしめて、胡座をかいた膝を揺すりはじめる。そうすることで葉子の裸体が上下に動き、屹立したペニスが膣に出入りをくり返す。絶頂の余韻が残る膣襞がいっせいにざわめいた。

「ああッ……ああッ……」

葉子は困惑しながらも喘ぎ出す。またしても膣内をかきまわされて、新たな愛蜜が大量に分泌された。

「こんなことされたら……また……」

両腕を辰樹の首にまわしこんで、息がかかる距離で見つめてくる。ペニスが深く入りこむたび、葉子は甘い喘ぎ声を振りまいた。

「ううッ、すごく締まってる。また感じてくれてるんですね」

肉づきのいい尻を両手で抱えこみ、膝の動きを激しくする。女体を上下に揺さぶり、ペニスをグイグイ出し入れした。

「ああッ、いいっ、あああッ、いいっ」

もはや葉子は手放しで喘いでいる。抽送に合わせて自ら股間をしゃくり、より感じる場所にペニスを導いていく。女壷のうねりも激しくなって、いよいよ辰樹にも絶頂の波が迫ってきた。

「おおおッ、き、気持ちいいっ」

辰樹は女体をしっかり抱きしめると、膝を上下に揺すり立てる。ペニスを思いきり突きこみ、媚肉がもたらす快楽を貪った。

「あああッ、辰樹くんっ」

葉子は背中に手をまわして爪を立ててくる。その甘い痛みが快感を増幅させて、いよいよ射精欲が切羽つまってきた。

「ううッ、よ、葉子さんっ、す、すごく気持ちいいですっ」

「わ、わたしも、ああッ、今度はいっしょに……」

懇願するような瞳を向けられて、ますます興奮がふくれあがる。女体を激しく上下に揺すり、真下からペニスを突きこんだ。

「ああッ、いいっ、いいっ、また、あああッ、またっ」

「くうううッ、ぼ、僕も、もうっ、くおおおおッ」

葉子の喘ぎ声を耳もとで聞きながら、ついに辰樹は女壺の最深部でザーメンを噴きあげた。

「も、もう出るっ、出る出るっ、おおおおッ、ぬおおおおおおおッ！」

凄まじい快感が股間から脳天に突き抜ける。大量の精液が尿道を駆け抜けるのがたまらない。辰樹は獣のように呻きながら女体を強く抱きしめた。

「い、いいいっ、またイクッ、イクイクッ、あああああッ、イックううううッ！」

葉子もよがり泣きを響かせる。女体が激しく痙攣して、全身の毛穴からいっせいに汗が噴き出した。

ふたりはきつく抱き合い、どちらからともなく唇を重ねていく。舌を伸ばしてからみつかせると、唾液を交換し互いの味を確認した。

絶頂に達しながらのディープキスで、目も眩むような悦楽がふたりの体を包みこむ。快感がさらに高まり、深くつながったままのペニスが蕩けそうな錯覚に襲われた。

「ああっ、辰樹くん……わたしも好きよ」

葉子が譫言のようにささやいてくれる。それがうれしくて、辰樹は汗ばんだ女体を強く強く抱きしめた。

ふたりは裸のままベッドで横になっていた。

辰樹は仰向けになっており、葉子が裸体をぴったり押し当てている。胸板に片手を乗せて、手術痕を指先でそっとなぞっていた。

「すごかった……」

葉子の声は消え入りそうなほど小さい。

隣を見やると視線が重なり、彼女は顔をまっ赤に染めあげた。

「こんなにすごいの……はじめて」

「僕……ひとりじゃないから」

辰樹の胸には複雑な思いがあった。

前半の愛撫は寅雄の意識が前面に出ていた。そして、後半は辰樹が腰を振りまくった。こんな状態がいつまでつづくのだろうか。もしかしたら、一生このままという可能性もあった。

「もう、普通の生活はできないのかな」

考えれば考えるほど不安になる。

いくら仲のよかった双子の弟でも、こんな生活は落ち着かない。自分の意識が弱っているときは、すべてを寅雄に任せるしかないのだ。

「ずっと寅雄に見られてるみたいで……」

寅雄は死んでしまったが、こうして意識だけでも残っていてくれるのはうれしいことだ。しかし、だからといって今の状態のまま、これから先も生きていくのはつらかった。

「ずっとではないと思う」

葉子が胸板に刻まれた縫い目をなぞり、その指先をツーッと下半身へと滑らせていく。

「辰樹くんの肉体は正常で、頭を打った後遺症も時間とともに回復していくはずよ。今はまだ意識が強くなったり弱くなったり、少し波があるけど、だんだん落ち着いてくる。そうなると、寅雄くんが前面に出てくることはなくなるわ」

穏やかな声で説明してくれる。

あくまでも葉子の予想だが、確かに少しずつ寅雄が支配している時間が減っている気がした。

「でも、そうなったら寅雄は消えてしまうんじゃ……」

それは淋しいことだった。せっかく、意識だけでも生きていたのに、それすら消えてしまうのはつらすぎた。移植された臓器がある以上、寅雄くんが消えることはないはずよ。辰樹くんの意識に、寅雄くんの意識が融合するような気がするわ」

「融合……ですか?」

辰樹は思わず聞き返す。それは寅雄の知識や思考を、辰樹が吸収するということだろうか。

「ほら、その証拠に……」

葉子の指先が、辰樹の股間へと移動する。先ほどから体を這いまわっていた刺激で、再びペニスが屹立していた。竿の部分を指先でなぞられて、ゾクゾクするような快感がひろがった。

「また硬くなってるわ」

「葉子さんが触るから……あっ」

己の股間を見おろしてはっとする。

屹立したペニスはまっすぐ天井に向かって伸びていた。

右曲がりでも左曲がりでもない。思いきり背伸びをするように、一直線に堂々と勃っているのだ。

「こ……これは……」

「もうはじまってるのかもしれないわ」

葉子が穏やかな声でつぶやいた。

確かにそうかもしれない。辰樹と寅雄がひとつになれば、ペニスは右にも左にも曲がらず、直立してもおかしくなかった。

そもそもが不可思議な現象だ。臓器移植によって記憶転移だけではなく、意識まで転移している。もはや、なにが起こってもおかしくなかった。そうなってくると、辰樹が気になるのはひとつだけだ。

「葉子さん……僕、葉子さんがいないと不安なんです」

思いきって切り出した。

辰樹の秘密を知っているのは葉子ひとりだけだ。彼女が唯一の理解者だ。自分を理解してくれる人に惹かれるのは当然のことだった。

「好きなんです。どうしようもないくらい……」

こんなことを言っても、人妻の彼女を困らせてしまう。それでも、どうしても想いを伝えておきたかった。

葉子はなにを考えているのか、下唇を噛んで黙りこんでいる。裸体をぴったり寄せた状態で、思い悩んでいる様子だった。

重い沈黙が流れる。

もう会えないと言われるのではないか。そう思うと恐ろしくて耳をふさぎたくなった。

「じつはね……」

どれくらい時間が経ったのだろう。葉子が意を決したように唇を開いた。

「もう……別れたの」

一瞬、意味がわからない。「別れた」という言葉が、頭のなかをグルグルまわっていた。

「別れた……って、どういうことですか？」

「離婚したの」

衝撃のひと言だった。

夫婦関係が上手くいっていないのは聞いていた。しかし、離婚するほどだったとは驚きだ。

「だから……ひとりになっちゃったの」

葉子が訴えかけるような瞳を向けてくる。淋しくて仕方ないという感じで、裸体をますます擦り寄せてきた。

「じゃ、じゃあ、僕と……僕といっしょに……僕、そろそろ仕事を探します。アルバイトじゃなくて、正社員の働き口を見つけて、それで、葉子さんを守れる男になります」

必死に言葉を紡いだ。彼女を誰にも渡したくなかった。

「だから……だから、僕とつき合ってください」

「うん……ありがとう」

葉子が強く抱きついてくる。そのまま唇を重ねて、舌を深くからめてきた。

彼女がいたから、今の自分がある。不安なことばかりで、とてもひとりでは乗り越えられなかった。

辰樹と寅雄が融合するとどうなるのか少し不安もある。

でも、これからは葉子とふたりだ。どんな困難が待ち受けていようとも、力を合わせれば乗り越えられると信じていた。

＊この作品は、書き下ろしです。また、文中に登場する団体、個人、行為などは実在のものとはいっさい関係ありません。

二見文庫

私(わたし)の彼(かれ)は左向(ひだりむ)き

著者　葉月奏太(はづきそうた)

発行所　株式会社 二見書房
東京都千代田区神田三崎町2-18-11
電話 03(3515)2311 [営業]
　　 03(3515)2313 [編集]
振替 00170-4-2639

印刷　株式会社 堀内印刷所
製本　株式会社 村上製本所

落丁・乱丁本はお取り替えいたします。
定価は、カバーに表示してあります。

ISBN978-4-576-20165-8
https://www.futami.co.jp/

二見文庫の既刊本

人妻のボタンを外すとき

HAZUKI,Sota
葉月奏太

24歳で童貞の伸一は前々から気になっていた花屋の女性と話しているうちに彼女に小さなボタンのようなものがあるのを発見する。これには秘密があるようで、なんと彼女と結ばれることに。また、コンビニの女性や取引先の窓口の女性にも同じものが……。ボタンとセックスの関係はよくわからないまま、関係を持っていくのだが――。今一番最前線の官能エンタメ書下し！

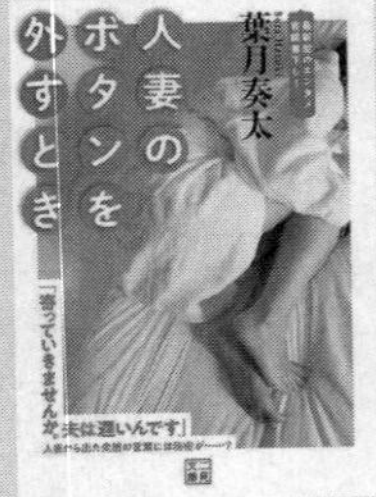